L'ÎLE DU TIGRE

JACK RITCHIE

L'ÎLE DU TIGRE

PRESSES POCKET

Titre original :

Tiger Island

Traduit de l'américain
par François Truchaud

ISBN : 2-266-04693-4

1

Forrest quitta la route côtière et arrêta sa voiture derrière la rangée de bâtiments délavés en contrebas de la jetée.

Il examina la demi-douzaine de bungalows sur le front de mer. Non, pensa-t-il, je ne me rappelle vraiment pas ces maisons. Cela ne m'évoque absolument rien.

Il porta ses valises en haut des marches en bois fendillées et entra dans le bar *Chez Pete*. Une brise régulière venant des fenêtres munies de moustiquaires traversait la salle basse de plafond.

Le barman lui jeta un coup d'œil et attendit, mais Forrest se dirigea vers les deux autres personnes qui se trouvaient dans la salle.

Elles étaient installées à l'une des tables et attendaient, l'homme à la forte carrure dont les cheveux noirs commençaient à grisonner, la jeune femme aux yeux violets qui le toisa avec froideur.

Forrest fit halte devant eux.

— Mike Hegan?

Hegan acquiesça de la tête.

— Et je suppose que vous êtes Forrest?

Ils se serrèrent la main et Hegan lui présenta la jeune femme.

— Voici Eve. (Il hésita juste un instant.) Ma fille.

Eve sourit, mais une expression circonspecte demeura dans son regard, une expression neutre. Elle attendait d'en savoir davantage avant de porter un jugement sur lui, dans un sens ou dans un autre.

Hegan commanda un cocktail pour Forrest.

— Je suis ravi de vous rencontrer, mais nous aurions pu régler tout ça par courrier.

Forrest en convint.

— Sans doute, mais je voulais voir l'île encore une fois avant de me décider.

Le regard de Hegan se tourna vers les baies vitrées donnant sur l'océan.

— On peut l'apercevoir d'ici. Depuis combien de temps n'étiez-vous pas venu?

— J'avais sept ans lorsque ma famille a quitté l'île définitivement. Je ne me rappelle pas grand-chose de cet endroit.

Mais certaines choses lui revenaient maintenant. De vagues souvenirs. Le poney à la longue crinière. Comment s'appelait-il? Bobby? Les matins brumeux sur l'île et une voix qui l'appelait. La voix cinglante d'une femme.

Dehors, des tonneaux en fer étaient embarqués à bord d'un cabin-cruiser amarré le long du quai.

— Le fuel pour le générateur, dit Hegan. J'ai fait mettre l'électricité dans la maison. Aménager les installations sanitaires, ce genre de choses.

Forrest se détourna de la baie vitrée.

— On m'a dit que vous possédiez déjà la moitié de l'île. Mais vous la voulez tout entière?

— Je suis le genre de personne qui aime avoir toute une île. Mais n'essayez pas pour autant de faire monter le prix. Je me contenterai d'une moitié d'île si j'y suis contraint. Je pense que mon offre est tout à fait raisonnable.

Forrest hocha la tête.

— Si je décide de vendre.

Eve avait gardé le silence jusqu'ici.

— Vous n'êtes pas vraiment obligé de vendre?

— Non, si je n'en ai pas envie. (Forrest regarda Hegan.) Qu'avez-vous l'intention de faire de toute une île?

— Je compte la mettre en valeur. J'ai certains projets en tête, des surprises, disons.

Sur le pont du cruiser, un homme au visage rougeaud et à l'air renfrogné décrocha le câble du treuil d'un fût métallique.

— Jim Pitts, annonça Hegan. Mon gardien.

Forrest fronça les yeux légèrement.

— Son visage me semble familier.

— Il est né sur l'île, dit Hegan. Mais je ne pense pas qu'on puisse dire de lui qu'il fait partie de l'aristocratie terrienne.

Ils observèrent Pitts tirer une flasque de sa poche arrière et dévisser la capsule.

— Il a pris certaines mauvaises habitudes, fit observer Hegan. Mais j'ai besoin de quelqu'un sur l'île douze mois par an. Nous-mêmes, nous résidons ici seulement six ou sept semaines. Si vous n'avez personne pour la surveiller, la nouvelle se répand très vite que l'île est abandonnée et des gens commencent bientôt à l'utiliser comme terrain de camping.

Forrest but une gorgée.

— Vous venez du nord, n'est-ce pas ? Comment se fait-il que vous ayez entendu parler de l'île ?

— Ma secrétaire, Oriana. Elle a vécu ici jusqu'à l'âge de dix-huit ans. Juste elle et sa mère, dans la maison Deveraux. Toutes deux étaient les dernières personnes à habiter l'île. Même Pitts était parti à cette époque pour vivre sur le continent. Oriana est partie à son tour après la mort de sa mère. Elle parle parfois de la plantation Forrest. Du temps de sa splendeur ce devait être quelque chose, hein ?

— Oui.

— Elle m'a dit que la maison avait entièrement brûlé.

— Oui. Il y a neuf ans.

Sur le cruiser, Pitts s'accroupit à l'ombre de la cabine et inclina sa flasque à nouveau.

Hegan cassa en deux son bâtonnet à cocktail et le laissa tomber dans son verre vide.

— Est-ce que vous aviez des paons sur votre plantation ?

— Pas que je me souvienne.

Hegan sourit.

— Une fois j'ai passé deux jours dans un endroit identique en Caroline du Sud. Une immense baraque. Un jardin grand comme un parc et ces satanés paons sur la pelouse de devant. Et des daims blancs et Dieu sait quelles autres sortes d'animaux. On aurait dit un zoo, sauf qu'ils étaient tous apprivoisés et lâchés dans la nature. Et depuis, je n'ai pas cessé de penser à cet endroit.

Hegan regarda à nouveau vers la mer.

— La première fois que j'ai visité l'île, la maison Deveraux était le seul bâtiment à tenir encore debout. Toutes les autres maisons étaient tombées en ruine et avaient disparu. Ou avaient brûlé. Même la maison Deveraux était bien proche de tomber en morceaux. Le toit s'affaissait et laissait entrer la pluie, la plupart des vitres étaient brisées, et tout était sur le point de s'écrouler. Alors j'ai fait venir des ouvriers et ils ont tout retapé et restauré, mais en mieux. J'ai probablement dépensé dix fois plus d'argent pour restaurer cette maison que sa construction n'en avait coûté à l'origine. J'envisage même de faire installer la climatisation.

— Cela ne devrait pas être nécessaire, dit Forrest. Les maisons de l'île étaient construites avec une climatisation naturelle. De grandes pièces, hautes de plafond, et toute l'aération souhaitable.

Un taxi couvert de poussière s'arrêta devant le bar et un homme de grande taille avec un commencement de tonsure en descendit, tenant à deux mains une serviette en cuir. Le chauffeur prit deux valises dans le coffre et attendit le prix de sa course.

— C'est MacIntyre, annonça Hegan. Un cousin au troisième degré, ou quelque chose comme ça, de ma femme. Le docteur Jamie MacIntyre. Et croyez-le ou non, il est coroner[1]. Il va passer quelques jours avec nous sur l'île.

1. Officier civil chargé d'instruire, assisté d'un jury, en cas de mort violente ou subite (*N.d.T.*).

Le taxi repartit et MacIntyre resta à côté de ses valises, regardant avec incertitude le bar *Chez Pete*. Il prit son mouchoir et essuya la sueur de son front et son cuir chevelu.

Hegan grimaça un sourire.

— Il sait que nous sommes ici, mais il ne mettra jamais les pieds dans un pareil endroit. Une promesse faite à sa mère, je pense. Il ne fume pas, ne boit pas et ne jure pas, c'est pourquoi il y a certainement quelque chose qui ne tourne pas rond chez lui, et un de ces jours je trouverai ce que c'est. Qu'il reste donc là-bas, à transpirer au soleil. Il transpire facilement, d'ordinaire à grosses gouttes.

MacIntyre contempla le bar quelques secondes encore, puis il prit ses valises et se dirigea lentement vers le cruiser à quai.

Hegan repoussa son verre.

— Pour quelque satanée raison, il fait pitié à ma femme, autrement il ne serait pas avec nous aussi souvent. (Il se leva.) Bon, il est temps d'appareiller et de regagner l'île.

Comme il s'approchait, Forrest se rendit compte que MacIntyre, le dos légèrement voûté, et un teint très pâle, devait avoir passé la cinquantaine. Il tendit la main à Forrest et la retira aussitôt après une poignée de main.

Il n'aime pas toucher les gens, pensa Forrest. Plutôt inattendu de la part d'un médecin.

Pitts considéra Forrest un long moment puis sourit, découvrant des dents jaunies.

— Vous vous souvenez pas de moi, hein?

— Non.

— J'ai travaillé pour votre père, dit Pitts. Il y a un bon bout de temps.

Forrest, Ève et MacIntyre descendirent dans la cabine. Dehors, le moteur se mit à gronder et, Hegan à la barre, le cruiser se dirigea lentement vers le large, en direction de l'île.

MacIntyre ferma les yeux lorsque le bateau commença à réagir à la houle. Il serrait son porte-documents contre sa poitrine, et ses doigts laissaient des traces humides sur le fermoir en métal.

Eve adressa de nouveau un sourire à Forrest.

— Est-ce que votre famille a toujours possédé la moitié de l'île ?

— Non. A l'origine il y avait douze plantations.

— Je suppose que la guerre de Sécession a mis fin à la belle vie ?

— Pour certains. Petit à petit les familles de planteurs ont renoncé, ont vendu, et ont quitté l'île.

— Mais pas les Forrest ?

— Pas les Forrest. Ils avaient fait des placements dans le Nord et c'est à peine si la guerre a affecté leur portefeuille. En fait, leur situation financière était bien meilleure après la guerre qu'avant.

— Pourtant ils ont fini par quitter l'île, eux aussi ?

— Oui. (Forrest scrutait la ligne de côte, indistincte et basse, de l'île.) Il y a des gens qui adorent les îles et d'autres qui pensent seulement les adorer. Ma mère était originaire de New York et après avoir épousé mon père, elle est venue ici, enthousiasmée à l'idée de s'installer sur la plantation Forrest. Mais elle a déchanté au bout de quelque temps. L'isolement, je pense, et le fait qu'à son arrivée ici les Forrest étaient à peu près les dernières personnes à habiter l'île. Quelques années plus tard, elle a décidé que la plantation ne serait plus sa résidence permanente. Nous avons continué de revenir sur l'île pour y passer un mois ou deux chaque année, probablement une concession à mon père. Et puis, une nuit, alors que nous étions en Europe, la maison a été frappée par la foudre et elle a entièrement brûlé. On ne peut pas dire que ma mère ait été accablée de douleur. Ou bien vous aimez une île ou bien vous commencez à la haïr.

Hegan confia la barre à Pitts et les rejoignit dans la cabine. Il jeta un regard méprisant à MacIntyre.

— Jamie n'apprécie guère l'eau salée. Il s'efforce de ne pas penser aux vagues qui montent et redescendent. Qui montent et redescendent. Encore et encore.

MacIntyre ouvrit les yeux et lui lança un regard furibond.

Hegan alluma un cigare, souffla un peu de la fumée dans la direction de MacIntyre, puis se tourna vers Forrest.

— On m'a dit qu'il y avait encore des alligators sur l'île.

Forrest se souvenait maintenant.

— Oui. Ma mère me faisait peur en me racontant des histoires sur les alligators dans le marais. Je suppose que c'était sa façon à elle de m'empêcher de me promener trop loin. Les alligators ne sont pas originaires de l'île. Ils ont été apportés ici par des planteurs afin de dissuader les esclaves de s'enfuir et de se cacher dans le marais. Cela n'a pas donné des résultats merveilleux. Les fugitifs mangeaient les alligators, au lieu que ce soit l'inverse. De toute façon, le marais n'était pas le meilleur endroit où se cacher. Pas assez étendu, pour commencer. Finalement les fugitifs étaient placés devant le choix suivant : se faire capturer ou essayer de nager jusqu'au continent, où leur situation n'aurait été guère plus enviable. Certains ont essayé, mais autant qu'on le sache, aucun d'eux n'a jamais réussi.

Hegan eut l'ombre d'un sourire.

— Henry réussirait, lui.

— Henry?

— Mon fils. Henry. C'est un passionné de la natation. Il a un tas de médailles, de trophées et de diplômes. Une fois il a descendu le Mississippi à la nage, sur plus de trois cent cinquante kilomètres. Ou bien l'a-t-il remonté? J'ai oublié de le lui demander.

Comme le cruiser approchait de l'île, il vira de bord et longea la côte. La végétation poussait jusqu'à la lisière de l'étroite étendue de sable blanc. En retrait de la plage s'élevaient des cornouillers en fleur et au-delà — une forêt sombre de chênes verts, festonnés de *spanish moss*[1], de gui et de vigne sauvage. L'odeur d'oranges sauvages flottait dans l'air.

1. Espèce de mousse ayant de petites fleurs et pendant en touffes sur les branches de certains arbres, surtout dans les Etats du Sud (*N.d.T.*).

Le bateau doubla un promontoire et arriva sur un soudain couinement provenant du rivage, et Forrest vit des animaux de petite taille détaler et disparaître dans les fourrés.

— Des cochons, déclara Hegan. Des cochons sauvages. Les descendants des cochons domestiques qui se sont sauvés. Ils viennent sur le rivage pour chercher des clams. C'est leur principale nourriture. J'en ai abattu un une fois et j'ai essayé d'en manger. Un goût de poisson. En ce qui me concerne, ils ne sont pas comestibles. Du moins pour des êtres humains.

Un long quai de pierre s'étendait devant eux; un break Buick était garé tout au bout.

— Autrefois des schooners au long cours pouvaient accoster le long de ce quai pour charger et décharger les marchandises, dit Hegan. Cela facilitait les choses et les planteurs n'étaient pas aussi dépendants du continent.

Le cruiser diminua sa vitesse comme Pitts donnait un tour de barre pour accoster doucement le long du quai. Il coupa les gaz et laissa le bateau glisser lentement sur l'eau. Hegan se chargea de la corvée de l'amarrage.

Une fois sur le quai, ils montèrent dans le break. Hegan prit le volant.

— La maison se trouve seulement à sept cents ou huit cents mètres d'ici.

Il conduisait au pas, braquant de temps à autre pour éviter des nids-de-poule dans le chemin de terre.

— Je vais devoir faire paver ce satané chemin. Je vais investir un beau paquet de fric dans cette île. J'espère seulement que cela sera rentable, d'une manière ou d'une autre.

Ils émergèrent du tunnel de verdure et arrivèrent sur le terrain défriché devant la maison Deveraux. C'était une longue bâtisse d'un étage avec grenier; des vérandas au premier et au rez-de-chaussée couraient sur toute sa longueur, tant sur le devant que sur l'arrière de la maison.

Hegan arrêta le break et coupa le moteur.

— Les premiers Deveraux sont venus de l'est, de la

Louisiane, au début des années 1800. Il est clair qu'ils aimaient le genre de maisons qu'ils avaient là-bas, puisqu'ils ont construit celle-là. La plupart des autres maisons sur l'île étaient d'un autre style, dit nordiste, avec un tas de colonnes.

Hegan prit l'une des valises de Forrest et marcha en tête.

— Vous allez adorer mon épouse. Tout le monde l'adore. Vous l'appellerez Laurie au bout de cinq minutes.

2

Ils montèrent les larges marches menant à la véranda du rez-de-chaussée. A l'intérieur de la maison, dans la fraîcheur de l'une des vastes pièces, Laurie Hegan les accueillit.

Elle avait probablement à peu près le même âge que son époux, estima Forrest, mais le temps s'était montré plus que clément envers elle. Elle paraissait proche de la trentaine, et n'avait rien perdu de sa beauté. Elle avait de grands yeux bleus et francs.

Laurie sourit et lui souhaita la bienvenue puis se tourna vers MacIntyre.

— Comment vas-tu, Jamie?

Il rougit.

— Très bien, Laurie.

— Ma foi, je boirais volontiers quelque chose, déclara Hegan.

Et il se dirigea vers le bar. Un jappement aigu parvint du sol et un petit terrier noir décampa à toute allure. Il courut vers Laurie et se réfugia à ses pieds.

— Zut! s'exclama Hegan. Je lui ai marché sur la queue. Que diable faisait-il sous ce meuble, de toute façon?

— Il se cachait, je pense. (Laurie regarda le chien avec une pointe d'inquiétude.) Il se blottit sous des meubles depuis que nous sommes arrivés ici. Il a même hurlé à la mort, il y a un petit moment.

Hegan ouvrit le bar.
— C'est le vent du sud.
Laurie lui décocha un regard.
— Qu'est-ce que le vent du sud vient faire là-dedans?
Hegan considéra le chien qui tremblait toujours.
— Un affreux petit bâtard, n'est-ce pas, Mr Forrest? Il a suivi Laurie jusqu'à la maison un jour et elle n'a pas eu le cœur de le chasser. (Il se tourna vers MacIntyre.) Elle a toujours eu la manie de l'adoption, pas vrai, Jamie?
Laurie s'adressa à Forrest.
— Le souper — ou je suppose que je devrais plutôt dire le dîner — sera prêt dans une heure environ. Je vais dire à Bowler de vous conduire à votre chambre afin que vous puissiez défaire vos valises. Jamie, tu as ta chambre habituelle.
Hegan but une grande rasade de whisky.
— Je vais conduire Forrest à sa chambre.
Il prit à nouveau l'une des valises de Forrest et sortit de la maison pour se diriger vers l'escalier situé au bout de la véranda. MacIntyre les suivit, tout empêtré avec ses propres bagages et la serviette en cuir.
— Tous les escaliers se trouvent à l'extérieur de la maison, expliqua Hegan. A l'exception d'un petit, à l'arrière, qui mène à l'appartement des domestiques.
Il fit halte devant une porte donnant sur la véranda du premier étage.
— A propos, Forrest, ne laissez pas traîner de la petite monnaie dans votre chambre. Ou des billets. Bowler a des doigts agiles.
Derrière eux, MacIntyre émit un reniflement.
— Il me semblait bien que cinq dollars avaient disparu de mon portefeuille la dernière fois que je me trouvais ici.
Hegan lui coula un regard.
— Jamie, pourquoi t'agrippes-tu à cette serviette de cette façon chaque fois que tu viens ici? Que diable gardes-tu là-dedans?
MacIntyre se crispa.

— Mes notes. J'écris un article.

— Toutes mes félicitations, Jamie. J'ai l'impression que tu es toujours en train d'écrire un article. Un de ces jours, il faudra que je demande à Bowler de vérifier si c'est bien la vérité.

— Je ne vois pas le rapport avec Bowler !

— Il possède un énorme trousseau de clés. De grosses clés, de petites clés, des clés de taille moyenne. Et il adore ouvrir des serrures. Je ne serais pas autrement surpris si un jour il ouvrait cette serviette. Peut-être l'a-t-il déjà fait.

Le visage de MacIntyre blêmit.

— Je le tuerai si jamais il y touche.

Hegan eut un rictus.

— Tu ferais vraiment ça, Jamie ? Tuer Bowler ? Cela semble plutôt brutal.

Il observa MacIntyre disparaître dans une chambre située un peu plus loin sur la grande véranda puis ouvrit la porte de la chambre à coucher, haute de plafond, de Forrest.

— Toutes les chambres s'étendent sur toute la largeur de la maison, en conséquence vous avez les deux vérandas, celle de devant et celle de derrière, à votre disposition. Vous pouvez vous prélasser à l'ombre... et avec ce climat ce n'est pas inutile, et cela procure également de l'air frais en abondance. Parfois il y a même des oiseaux qui entrent dans les chambres et ressortent de l'autre côté.

Hegan vérifia un interrupteur.

— Tout est électrique maintenant. Et chaque chambre à coucher comporte une salle de bains. Le générateur se trouve dans une cabane à l'arrière de la maison. Au début je l'avais fait installer dans la cuisine d'été, mais j'ai été obligé de le déplacer et de le mettre plus loin parce qu'il faisait trop de bruit.

Forrest posa une valise sur le lit.

— Il le fait vraiment ?

— Qui fait quoi ?

— Bowler a vraiment ce trousseau de clés ?

— Comment voulez-vous que je le sache ? Mais il en serait bien capable.

— Vous aimez asticoter MacIntyre, n'est-ce pas ?

Hegan sourit.

— Il fait ressortir mon côté taquin. (Il regarda Forrest ouvrir sa valise.) Bowler n'a rien d'un voleur professionnel. Il prélève juste un pourcentage. Il prend ce qui, à son avis, ne vous fera pas défaut — quelques pièces de monnaie ici et là, peut-être même un dollar ou deux. Une fois j'ai laissé mon portefeuille sur la commode, avec un billet de vingt dollars à l'intérieur. Juste un billet de vingt dollars. Je voulais voir comment Bowler réagirait.

— Et comment a-t-il réagi ?

— Un peu plus tard dans la journée j'ai récupéré mon portefeuille et j'ai trouvé un billet de dix, un billet de cinq et trois de un.

— Pourquoi ne l'avez-vous pas renvoyé ?

— Bien sûr, mais c'est sa femme, Clara, qui fait tout le boulot. Elle s'y entend pour tenir la maison. Elle rendrait son tablier si je congédiais Bowler. Du moins je le pense, mais comment savoir ? J'ai remarqué de petites choses ces derniers temps. (Il se dirigea vers la porte.) A tout à l'heure, pour le dîner.

Lorsque Hegan fut parti, Forrest finit de défaire ses bagages puis sortit sur la véranda de derrière. Dans le crépuscule il aperçut une petite silhouette remonter en joggant le sentier vers la maison.

Un homme mince qui ralentit l'allure et fit en marchant les deux ou trois cents derniers mètres, puis monta rapidement l'escalier de derrière. Il s'arrêta et cligna des yeux lorsqu'il vit Forrest.

— Vous devez être Forrest ?

— En effet.

— Je suis Henry. Henry Hegan.

Henry semblait avoir vingt-cinq ou vingt-six ans et portait des lunettes de soleil à monture d'écaille. Il lui serra vivement la main.

— Je cours quinze kilomètres tous les jours. Chaque

fois que j'en ai le temps et j'ai toujours le temps. Lorsque je suis en forme, je cours au moins deux fois cette distance. Il faut être en forme parce que la fatigue fait des lâches de nous tous.

Forrest mit un certain temps à assimiler cela.

— J'ai cru comprendre que vous étiez un excellent nageur? Je suppose que vous nagez beaucoup ici?

— Non. Pas ici. Je ne nage pas. Mais je fais beaucoup de jogging. Le long des plages principalement. Il y a une route qui mène vers l'intérieur de l'île mais elle est mal entretenue et trop dure pour mes pieds. (Henry se servit de la manche de son sweater pour essuyer la transpiration sur son front.) J'ai effectué des recherches concernant cette île. Des recherches historiques, vous savez.

— Alors vous en savez probablement beaucoup plus que moi...

Henry en convint volontiers.

— Les premiers colons sont arrivés ici en 1679. Jadis il y avait même un village sur l'île, mais la plupart des habitants l'ont abandonné, pour une raison ou pour une autre. Les premiers esclaves ont été amenés ici vers 1720. (Il remonta ses lunettes de soleil.) Le coton de Sea Island. C'était ce qui faisait vivre l'île. Il avait de longues fibres ce qui le rendait de première qualité. Apparemment, cela facilitait l'égrenage, ou le rendait plus rentable. C'était avant l'égreneuse de coton, bien sûr, et tout le travail était fait à la main. Et comme c'était une île, il n'y a jamais eu de vrais problèmes avec les esclaves qui se sauvaient. Définitivement, je veux dire. Ou très loin. Habituellement ils se cachaient dans le marais ou se noyaient en essayant de gagner le continent à la nage. Vous vous maintenez en forme?

— Je n'en ai vraiment pas le temps, Henry.

— Je peux courir toute la journée. Vous avez fait la connaissance des autres?

— Je pense, oui.

— Eve n'est pas ma sœur, en réalité. Par le sang, du moins. Enfin, elle a été adoptée par Mike et Laurie. Et Laurie est ma belle-mère. La seconde femme de mon père. Ma vraie mère est morte alors que j'avais dix ans. Je peux vous expliquer tout ça encore une fois si vous voulez. Vous trouvez Laurie sympathique ?

— Bien sûr.

Henry hocha la tête.

— Tout le monde trouve Laurie sympathique. Enfin, presque tout le monde. (Il contempla les bois derrière la maison.) L'ennui avec le jogging c'est que vous êtes toujours obligé de prendre une douche ensuite. Parfois deux ou trois douches par jour, cela dépend du nombre de fois que vous décidez de courir. Et c'est assommant, également.

— Prendre une douche c'est assommant ?

— Euh, oui. Mais je voulais parler du jogging. Surtout sur le terrain de sports de l'université, chez nous. C'est là que je fais mon jogging lorsque nous ne sommes pas ici. Des tours et des tours de piste. Deux cents mètres. Je compte les tours avec des fèves.

Forrest attendit.

— J'emporte avec moi cinquante fèves lorsque je veux faire cinquante tours de piste. Et après chaque tour je jette une fève dans un seau à côté de la piste en passant devant.

Henry se frotta le nez.

— Je ne fais pas le tour complet de l'île lorsque je cours parce que trop d'endroits sont impraticables à cause des fourrés et de la végétation. J'ai à ma disposition cette étendue sur la plage, dont j'ai mesuré la distance, ici j'utilise des galets pour compter, et je cours de long en large, autant de fois que j'ai décidé de le faire. Bon, il est temps que j'aille prendre ma douche. C'est la troisième aujourd'hui.

Il commença à s'éloigner sur la véranda, fit une demi-douzaine de pas, puis se retourna.

— Prendre une douche est assommant parce que ce n'est pas une activité créatrice. Au mieux, c'est juste de l'entretien. Vous avez beau frotter et frotter, vous ne parvenez pas vraiment à être plus propre que vous ne l'étiez la veille.

Henry franchit l'une des portes au bout de la véranda et disparut.

Forrest retourna dans sa propre chambre et décida que prendre une douche rapide n'était pas une mauvaise idée. Lorsqu'il eut terminé et se fut habillé, il descendit au rez-de-chaussée.

Hegan l'attendait sur la véranda de devant et l'emmena dans une pièce spacieuse.

— Voici mon cabinet de travail ou ce dont je dispose lorsque je suis sur l'île. (Il ouvrit un bar à alcools et versa du bourdon dans deux verres.) Il m'a semblé entendre des voix là-haut, tout à l'heure. Etait-ce Henry qui vous parlait ?

— Oui.

Hegan tendit un verre à Forrest.

— Un gosse bizarre. Il ne dit pas un mot pendant six mois et puis il jette brusquement son dévolu sur quelqu'un et se met à l'abreuver de paroles. Henry adore cette île. Il passe la plus grande partie de la journée là-bas, à courir sur la plage.

Forrest fit halte devant une carabine de chasse posée sur un râtelier mural.

— Une Weatherby Magnum 300, annonça Hegan. J'en ai toute une collection chez moi, mais celle-ci est la seule que j'ai apportée ici jusqu'à présent. J'irai en prendre une autre la prochaine fois que je m'arrêterai à Savannah. Je l'ai commandée.

— Qu'y a-t-il à chasser sur cette île ?

— Des daims, mais je dois avouer qu'ils sont plutôt chétifs. Et il y a les cochons sauvages, bien sûr. Mais ce n'est pas très amusant. Je vais peut-être me faire la main sur ces alligators dans le marais.

Forrest se souvint.

— Lorsque j'étais petit, parfois je les entendais rugir, la nuit.

— Ils sont toujours là et je les entends moi-même de temps à autre.

Forrest se rendit brusquement compte qu'une femme aux cheveux couleur aile de corbeau se tenait à l'entrée de la pièce. Ses yeux vert émeraude semblaient légèrement hostiles.

— Je ne pense pas que vous ayez rencontré Oriana, dit Hegan. Ma secrétaire. Où étais-tu, Oriana?

— Je me promenais.

Il la regarda fixement.

— Où?

— Sur la plage. Juste sur la plage.

Lorsqu'il descendit pour le dîner, MacIntyre avait apporté sa serviette en cuir. Il prit place et la posa par terre, près de son pied, et il la touchait de temps en temps, comme pour s'assurer qu'elle était toujours là et bien fermée à clé.

3

Il était un peu plus de deux heures du matin et Forrest avait cherché le sommeil en vain.

Etendu sur son lit, les yeux ouverts, il écoutait le murmure du vent dans les feuilles des chênes verts au-dehors.

Finalement il soupira et se leva. Il enfila son pantalon et une chemise sport et sortit sur la véranda de derrière.

Il contempla le jardin laissé à l'abandon et éclairé par la lune, puis son regard erra vers la sombre muraille des arbres. A quelle distance se trouvait l'ancienne plantation Forrest? Lorsque l'imposante demeure existait encore, pouvait-on la voir d'ici?

Tandis qu'il descendait l'escalier de derrière, il frissonna légèrement en raison de la brume fraîche qui dérivait depuis la mer. Il trouva un banc de jardin et s'assit.

Il faudra que j'aille voir la sépulture de mon père pendant que je suis ici, pensa-t-il, c'est le moins que je puisse faire.

Il se retourna pour jeter un regard derrière lui vers la maison en entendant le bruit d'une porte que l'on ouvrait et refermait. Il aperçut Hegan parcourir toute la longueur de la véranda au premier étage, une valise à la main.

Lorsque Hegan arriva au bas de l'escalier, celui-ci prit conscience de la présence de Forrest. Il vint vers lui.

— Des problèmes pour vous endormir?

Forrest acquiesça de la tête.

— Certains souvenirs commencent à resurgir et ils sont suffisamment intéressants pour me tenir éveillé.

— Je n'arrivais pas à dormir, moi non plus, dit Hegan. J'ai mis la radio et on annonçait du mauvais temps. J'ai un rendez-vous d'affaires sur le continent, demain matin à dix heures, et il faut absolument que j'y sois. J'avais l'intention de partir au petit matin, mais si j'attends je serais peut-être dans l'impossibilité de quitter l'île. Et je me suis dit que je ferais mieux de partir tout de suite.

Il montra sa valise.

— A titre de précaution... Je n'aimerais pas me retrouver bloqué sur le continent sans une chemise de rechange si je m'aperçois que je suis contraint de rester un peu plus longtemps que prévu. (Hegan consulta sa montre.) Je vais aller réveiller Pitts. Il me conduira jusqu'au quai et ramènera la voiture. Il en aura besoin demain et je suis sûr qu'il préférera perdre un peu de sommeil maintenant plutôt que d'avoir à faire une longue marche demain matin.

— Je vais vous emmener là-bas et je ramènerai le break, offrit spontanément Forrest.

Ils contournèrent la maison jusqu'à l'endroit où était garée la voiture.

Hegan mit le contact et alluma les phares. Il suivit le chemin qui sinuait parmi les arbres et lorsqu'il atteignit la côte, il s'engagea sur le quai et s'arrêta à côté du cruiser.

Forrest descendit et scruta l'horizon.

— Le brouillard avance très vite. Vous êtes certain qu'il vous est encore possible de gagner le continent?

— Pas de problème.

Un rugissement assourdi parvint de l'île, loin derrière eux. Forrest se retourna.

— Qu'est-ce que c'était?

— Probablement l'un de vos alligators dans le marais.

— Je n'ai pas l'impression que cela venait du marais.

Hegan sourit.

— On m'a dit que les alligators s'aventurent parfois sur la terre ferme, la nuit, lorsqu'ils en ressentent le besoin. L'un d'eux a peut-être faim et est à la recherche d'un casse-croûte.

Une fois que Hegan fut monté sur le cruiser, Forrest largua les amarres. Il observa le bateau s'éloigner et prendre de la vitesse ; ses lumières tremblotaient au gré du mouvement de la mer.

Forrest repartit et revint à la maison. Il remonta dans sa chambre, se déshabilla et s'allongea à nouveau sur le lit.

Et entendit à nouveau le rugissement assourdi. Il se mit sur son séant, écouta, attendant que le bruit se reproduise, mais il n'en fut rien.

Forrest finit par s'endormir et il rêva...

L'alligator avait été tué dans le marais et rapporté jusqu'à l'une des anciennes cabanes d'esclaves de la plantation Forrest. Le cuisinier lui avait appris la nouvelle et Forrest était sorti en courant de la maison pour aller voir.

L'alligator gisait sur le dos, dans l'herbe rase, et Forrest avait tourné autour du corps. Son père, sa mère et Miss Lockey lui avaient souvent dit que les alligators étaient très gros. Aussi longs qu'une pièce, ou davantage, et féroces.

Mais celui-ci n'était pas gros du tout. Peut-être aussi long qu'un homme de taille moyenne, mais pas plus, et Forrest était déçu.

Il regarda l'homme au couteau se mettre à califourchon sur l'alligator et entreprendre de l'écorcher. Puis il entendit Miss Lockey l'appeler depuis la maison.

L'homme occupé à écorcher l'alligator l'entendit également et il leva les yeux.

C'était Jim Pitts. Plus jeune. Les cheveux plus noirs. Mais c'était bien la même bouche au pli amer et ce regard maussade.

Forrest se réveilla. Il ouvrit les yeux et s'aperçut que le brouillard grisâtre avait envahi la véranda de derrière.

Miss Lockey ? Oui, il se souvenait d'elle maintenant. Elle avait été sa nurse lorsqu'il était enfant. Miss Lockey était grande et mince, et elle s'était montrée ferme et d'une sévérité affectueuse. Elle était restée avec la famille jusqu'à ce que Forrest ait douze ans passés et soit envoyé dans un pensionnat en Nouvelle-Angleterre.

Les yeux de Forrest se fermèrent. Lorsqu'il se réveilla à nouveau, il était bientôt huit heures du matin. Il s'habilla et descendit l'escalier de derrière jusqu'au jardin.

Le brouillard s'était dissipé, bien que ici et là des nappes persistent sous les arbres. Dans le lointain brumeux il distinguait tout juste une colline. Ah oui. Thompson's Hill.

Mais ce n'était pas vraiment une colline, se rappela-t-il. Il n'y avait pas de véritables collines sur l'île. Seulement de très vieilles dunes de sable couvertes d'une végétation éparse et d'arbres rabougris.

Forrest sentit quelque chose qui brûlait. Une odeur âcre, chimique.

Il contourna une haie et aperçut MacIntyre accroupi sur le sentier, ses mains abritant une petite flamme d'une brise peu probable. Ce qu'il faisait brûler noircit très vite et la flamme mourut.

MacIntyre se remit debout et dispersa du talon le petit tas de cendres. Il épousseta les genoux de son pantalon et récupéra son porte-documents. Lorsqu'il se retourna et vit Forrest, il rougit.

— Depuis combien de temps êtes-vous là ?

— Environ vingt secondes.

MacIntyre s'humecta les lèvres.

— Je brûlais des notes concernant un article que je suis en train d'écrire. Je n'aime pas les jeter tout bêtement dans la corbeille à papiers lorsque je n'en ai plus besoin. Les domestiques sont trop curieux, vous comprenez, et je déteste que des gens lisent mes articles avant qu'ils soient publiés.

L'attention de Forrest fut attirée par un mouvement sur Thompson's Hill.

MacIntyre le vit également et plissa les yeux.

— Il y a quelqu'un là-haut.

Ils observèrent la silhouette lointaine qui courait au sein des volutes de brouillard.

MacIntyre soupira.

— Probablement Henry qui fait son jogging, une fois de plus.

— Non, dit Forrest. Qui que ce soit, il ne fait pas du jogging. Il court comme un dératé.

Un gros animal au pelage rayé de jaune et de noir surgit brusquement derrière l'homme qui s'enfuyait. Il le rattrapa en quelques secondes et le terrassa. Les cris ténus de l'homme parvinrent jusqu'à eux puis cessèrent.

— Mon Dieu, chuchota MacIntyre. Qu'était-ce?

— Un tigre, dit doucement Forrest. Un tigre.

— Mais c'est impossible.

— Ce n'est pas impossible. Nous sommes en train de le regarder.

L'énorme animal redressa sa tête du corps et regarda dans leur direction.

La voix de MacIntyre fut à peine audible.

— Est-ce qu'il nous voit?

— Je l'ignore.

— A quelle distance se trouve-t-il?

— Sept ou huit cents mètres.

Les mâchoires du tigre saisirent le corps par le cou et le tirèrent vers le couvert des arbres.

— Mon Dieu, répéta MacIntyre.

Forrest se mit à marcher.

— Nous ferions mieux de retourner dans la maison.

— Oui, convint vivement MacIntyre. Rentrons.

Il trottina à la suite de Forrest.

Forrest se rendit directement dans le cabinet de travail de Hegan. Il prit la Weatherby sur le râtelier et fit jouer la culasse.

— Où Hegan range-t-il ses cartouches?

Les yeux de MaIntyre parcoururent la pièce.

— Pas la moindre idée.

— Bon, cherchons. (Forrest ouvrit un tiroir du

bureau de Hegan et trouva une petite boîte en carton. Il la secoua.) Cette boîte contenait des cartouches, mais elle est vide.

Au bout de dix minutes, Forrest renonça à chercher.

— Rien. Du moins pas dans cette pièce. Nous ferions mieux de réveiller tout le monde et de leur annoncer que nous avons un tigre sur les bras. Quelqu'un doit bien savoir où nous pouvons trouver les cartouches. Je suppose que vous savez où dorment Pitts et les Bowler ? Je réveillerai les autres.

MacIntyre hésita.

— Les Bowler ont leur propre chambre à côté de la cuisine au rez-de-chaussée. Mais Pitts dort dans l'une des anciennes cabanes d'esclaves, à l'arrière de la maison. Vous pensez que l'on peut sortir sans danger?

— Je ne crois pas qu'il y ait le moindre danger pour le moment. Le tigre est probablement occupé à mastiquer ce qu'il a attrapé.

Forrest rencontra Henry en haut de l'escalier sur la véranda du premier étage. Henry portait un sweater et un short.

— Je m'apprêtais à faire mon jogging.

— Je ne vous le recommanderais pas ce matin, Henry.

— Je sais. J'ai vu ce qui s'est passé. Je me trouvais sur la véranda. J'ai surveillé l'endroit depuis lors, mais le tigre n'est pas réapparu.

— Savez-vous qui le tigre a-t-il tué?

— Pas vraiment. Cela s'est passé un peu trop loin pour que je puisse en être sûr.

— Vous feriez mieux de réveiller votre mère, votre sœur et Miss Deveraux.

— Oui, vous avez raison.

— Savez-vous où votre père range les cartouches pour sa carabine ?

— Quelque part dans son cabinet de travail, je pense.

Forrest décida de faire une nouvelle tentative dans le cabinet de travail de Hegan. Il cherchait toujours lorsque Oriana Deveraux apparut à l'entrée de la pièce. Son visage était livide.

— Henry m'a dit qu'il y avait un tigre sur l'île.

— Oui. Il vient de tuer quelqu'un, là-bas sur Thompson's Hill. Je ne sais vraiment pas comment il est arrivé ici, mais il y est.

Laurie et Henry les rejoignirent. Laurie eut un sourire sceptique.

— Comment diable un tigre aurait-il pu arriver sur cette île? Je croyais qu'ils vivaient en Asie.

— Les tigres savent nager, déclara Henry.

Tous les regards convergèrent vers lui.

Il rougit légèrement.

— Je ne veux pas dire par là que le tigre est venu d'Asie à la nage. D'Asie ou même du continent. Cela fait trop loin. Les tigres savent nager, et certains même adorent ça, mais ils n'auraient pas la force nécessaire pour couvrir une distance comme celle entre l'île et le continent.

Henry battit des paupières plusieurs fois.

— Je veux dire que ce tigre aurait très bien pu se trouver dans une cage sur le pont d'un navire. Et ce navire a fait naufrage juste au large de la côte, la cage s'est brisée, et le tigre a nagé vers l'île.

— Entendu, Henry, fit Laurie d'un ton apaisant. Disons simplement que c'est possible.

Eve arriva à son tour.

— Où est Mike?

— Il est retourné sur le continent très tôt ce matin, répondit Laurie. Il m'a dit qu'il avait une affaire à traiter et qu'il ne voulait pas être bloqué sur l'île à cause du brouillard.

MacIntyre fit entrer dans la pièce Bowler et la femme de Bowler, Clara.

Bowler était un homme petit et corpulent, et son visage était rouge d'indignation.

— Mr MacIntyre s'est bien gardé de nous dire qu'un tigre rôdait à proximité de la maison. Il l'a fait seulement après m'avoir envoyé chercher Pitts. J'aurais pu me faire tuer et dévorer.

La femme de Bowler dépassait son époux d'une tête;

elle avait des cheveux auburn et un corps aux formes épanouies. Elle fronçait les sourcils, les regardant tous d'un air méfiant.

— Où est Pitts? demanda Forrest.

— Il n'était pas là-bas, répondit vivement Bowler. Sa cabane était déserte. Et d'une saleté repoussante. Il n'utilise même pas de draps pour son lit.

Henry s'éclaircit la voix.

— En fait, je ne crois pas que nous courions un très grand danger pendant au moins vingt-quatre heures. Plus vraisemblablement quarante-huit heures. Ce que je veux dire, c'est que le tigre va s'empiffrer et ensuite il dormira probablement. Et s'il reste quelque chose à manger, il retournera vers le corps un deuxième jour. Peut-être un troisième.

Laurie compta les têtes.

— Regardons les choses en face. Tout le monde est ici, à l'exception de Pitts.

Clara Bowler se laissa tomber dans un fauteuil, le visage blême.

— Quelqu'un sait-il où je pourrais trouver des cartouches pour la carabine? demanda Forrest. J'ai déjà cherché dans cette pièce.

Il n'obtint que des regards inexpressifs et soupira.

— Dans ce cas, je suggère que nous nous barricadions dans cette maison.

— Cela pourrait bien ne pas être aussi simple, fit observer Eve. Il n'y a vraiment pas grand-chose entre nous et le tigre, à part des vitres et des portes-moustiquaires, et à certains endroits, il n'y a même pas cela.

— Pitts a un fusil de chasse à deux coups, dit Henry. Et des cartouches. Il les a peut-être laissés dans sa cabane. Je vais aller jeter un coup d'œil.

Forrest lui emboîta le pas.

— Je pense qu'il vaut mieux que vous n'y alliez pas seul, Henry.

Ils firent halte sur la véranda de derrière puis descendirent l'escalier vers le jardin.

Henry le précéda sur un étroit chemin de terre jusqu'à

ce qu'ils atteignent une double rangée de cabanes aux murs de torchis maculés de traînées noirâtres. La plupart des toitures s'étaient effondrées depuis longtemps, mais les murs étaient toujours intacts.

Henry s'arrêta devant l'une des cabanes pourvues d'un toit. La porte-moustiquaire rouillée grinça comme il poussait le battant.

— C'est là que dormait Pitts.

Une lumière fuligineuse parvenait à filtrer à travers la crasse d'une unique petite fenêtre. Forrest s'avança dans la pièce et prit le fusil de chasse appuyé contre le mur.

— Calibre 20. Pas précisément l'idéal pour la chasse au tigre.

— C'est la seule arme que possède Pitts, dit Henry. Il l'a trouvée dans la maison.

Forrest fouilla dans un carton posé sur la petite table à côté de la couchette de Pitts.

— Apparemment, les seules cartouches qu'il possède sont les plombs n° 7. Cela ne nous aidera pas beaucoup.

Henry en convint.

— Des plombs n° 7 ne feraient que rendre furieux le tigre, et ne le tueraient certainement pas. (Il inclina la tête de côté et parut écouter attentivement.) C'est brusquement devenu terriblement calme au-dehors. Pas de chants d'oiseau, rien du tout.

Henry retourna jusqu'à la porte et sourit.

— Notre tigre est là.

Forrest le rejoignit sans faire de bruit. Henry montra du doigt.

— Il est là-bas. Juste devant, au fond de la propriété, couché dans l'herbe haute. Vous le voyez qui agite sa queue ?

Forrest introduisit deux cartouches dans le fusil de chasse.

Henry secoua la tête.

— Je ne crois pas que ce soit une bonne idée d'utiliser ce fusil.

— Telle n'est pas mon intention, Henry. Mais je me sens beaucoup mieux avec une arme chargée, c'est tout.

Ils restèrent immobiles, regardant le tigre. De longues minutes s'écoulèrent.

Finalement le tigre se dressa sur ses pattes et s'étira. Il s'avança de quelques mètres et s'accroupit à nouveau ; sa queue s'agitait d'un côté et de l'autre.

— A mon avis, il ne nous voit pas et il ne sait pas que nous sommes là, chuchota Henry. Du moins, il ne regarde pas dans notre direction. Et nous sommes sous le vent.

Une autre minute s'écoula et Henry parla à nouveau.

— Quelque chose retient son attention. Je pense que ce sont ces papillons jaunes.

Le tigre bâilla avec nonchalance et se dressa sur ses pattes. Il fit demi-tour et courut à petits bonds dans l'herbe haute pour disparaître derrière la rangée de cabanes.

Forrest expira lentement l'air de ses poumons et poussa doucement le battant de la porte-moustiquaire. Ils retournèrent rapidement vers la maison.

Une fois à l'intérieur, Forrest ferma la porte vitrée derrière lui.

— Même pas une serrure sur ces satanées portes. Non pas que cela fasse une grande différence, je suppose.

MacIntyre s'essuya le front.

— Dieu merci, vous avez trouvé le fusil de chasse de Pitts.

— Cela n'arrêtera pas un tigre, dit Henry, puis il sourit. Nous avons vu le tigre à nouveau, là-bas. Peut-être a-t-il tué Pitts juste pour s'amuser. Beaucoup de gens pensent que les prédateurs tuent seulement lorsqu'ils ont faim, mais ce n'est pas vrai.

Ils attendirent.

— Le tigre était efflanqué, reprit Henry. Pas du tout de ventre gonflé. On dirait bien qu'il n'a pas mangé Pitts, ou alors pas plus d'une ou deux bouchées. C'était peut-être l'alcool.

— Quel alcool, Henry ? soupira Laurie.

— Dans Pitts. Il était presque toujours sous l'empire de la boisson. L'alcool se trouvait dans son estomac et dans son sang, tu sais, et les animaux n'aiment pas l'alcool. Peut-être des rats de laboratoire, lorsqu'ils ont été conditionnés à en boire, mais pas des animaux sauvages. Et il se pourrait bien que le tigre ait goûté à Pitts et n'ait pas supporté l'alcool.

— Avons-nous un moyen de communiquer avec le continent? demanda Forrest.

Laurie secoua la tête.

— J'ai bien peur que non. Et Mike a pris le seul bateau dont nous disposions, aussi nous est-il impossible de quitter l'île tant qu'il n'est pas revenu. Autrement dit, dans l'après-midi.

Henry eut une idée.

— Et si nous montions tous dans le break pour aller jusqu'au quai et y attendre Mike? J'ai vu des films de gens qui sont dans des voitures en Afrique. Ils s'arrêtent et laissent les lions aller et venir à proximité et ils ne risquent absolument rien tant qu'ils restent dans leur voiture.

— C'est la première chose à laquelle j'avais pensé, dit MacIntyre d'un air irrité, mais elle a disparu. Je parie que Pitts l'a prise et qu'elle se trouve quelque part, à proximité de l'endroit où le tigre lui a fait son affaire.

Henry hocha la tête.

— Je sors. Je vais essayer de la trouver.

Laurie le retint par le bras.

— Il n'en est pas question. Tu ne bouges pas d'ici.

— Nous nous trouvons confrontés à un problème, dit Eve. Sans le break, nous sommes contraints de rester ici. Mais cela veut dire que lorsque Mike reviendra, il va courir le risque de se faire tuer par le tigre en rentrant à pied vers la maison.

— Nous pourrions laisser un message sur l'un des piliers du quai, suggéra Henry, le prévenant au sujet du tigre.

Laurie alla jusqu'à la machine à écrire et introduisit une feuille de papier dans le chariot. Elle se servit de deux doigts pour taper.

Mike chéri :

Il y a un tigre, un tigre en chair et en os, en liberté sur cette île. Du moins, tout le monde me dit qu'il y en a un. Personnellement, je ne l'ai pas encore vu. Nous ne savons pas comment il est arrivé ici, mais ils disent qu'il a tué Pitts. Je n'ai pas vu cela non plus. N'essaie pas de revenir à pied vers la maison. Repars vers le continent pour demander de l'aide. Nous avons ta carabine, mais nous n'avons pas trouvé de cartouches.

Je t'aime.

Laurie

Henry avait lu par-dessus l'épaule de Laurie.

— Cela devrait suffire. Je vais jusqu'au quai pour accrocher cette feuille de papier à un endroit où il la verra forcément. Mais d'abord je vais chercher une casserole dans la cuisine.

Il considéra leurs visages ébahis.

— Vous savez, comme les rabatteurs en Inde. Ils en ont des quantités lorsqu'ils organisent une chasse au tigre. Les rabatteurs ne sont pas armés, ils ont seulement ces casseroles et ils tapent dessus et ils rabattent le tigre vers le chasseur. Je vais emporter une casserole et si j'aperçois le tigre, je taperai dessus pour le faire fuir.

— Henry, dit Laurie, si jamais tu vois le tigre, je veux que tu grimpes à un arbre.

Henry sourit.

— Les tigres grimpent aux arbres.

MacIntyre fronça les sourcils.

— Tu sembles savoir énormément de choses sur les tigres.

Henry acquiesça.

— Une fois j'ai cherché tout ce qui les concernait dans une encyclopédie et je ne sais pourquoi mais je m'en souviens encore.

Henry se rendit à la cuisine et revint bientôt avec une bassine en fer-blanc et une cuillère en bois. Il plia la feuille de papier et la glissa dans sa poche, ainsi qu'une boîte de punaises.

Ils le regardèrent depuis la balustrade de la véranda de façade.

Henry marchait d'une allure désinvolte, descendant l'allée. Il jeta un regard derrière lui, leur fit un signe de la main, puis se mit à courir en souplesse.

— Il est fou, dit MacIntyre. Complètement fou.

4

Les Bowler regagnèrent leur cuisine et les autres montèrent au premier, mais Oriana s'attarda dans la pièce.

Elle regarda Forrest chercher dans les tiroirs du bureau une nouvelle fois. Elle eut l'ombre d'un sourire.

— Qu'est devenu le poney?

Forrest leva les yeux.

— Le poney?

— Oui, le petit poney noir et blanc.

— Bobby? Je ne me souviens vraiment pas. Je suppose qu'on l'a vendu ou peut-être est-il mort de vieillesse, tout simplement. Comment savez-vous que j'avais un poney?

— Je l'ai vu une fois alors que j'étais une toute petite fille. Je me suis réveillée un matin et il était là, occupé à mâchonner ce qui restait des fleurs de notre jardin. Je voulais me persuader que c'était un cadeau mais ma mère m'a dit que ce poney n'était pas à nous. Il s'était juste éloigné de la plantation Forrest. Je suis sortie, je l'ai câliné et je lui ai parlé. L'après-midi, Pitts est venu et l'a emmené.

— Pitts?

— Oui. Il était l'un des gardiens à la plantation Forrest après que vous et vos parents soyez partis. Ben Williams et sa femme, Odie, s'occupaient de la maison et Pitts avait la charge du domaine. A la mort de Ben, Odie est allée vivre chez des parents à elle sur le continent, et il ne restait plus que ma mère et moi sur l'île. Et Pitts.

Oriana demeura silencieuse un instant.

— Et peu de temps après, la maison Forrest a brûlé de fond en comble. J'ai vu la foudre tomber et ensuite l'incendie a illuminé le ciel. Je me trouvais juste ici, sur la véranda au premier étage, lorsque cela est arrivé. Personne ne pouvait faire quoi que ce soit, à vrai dire. Alors je me suis contentée de regarder. Et puis Pitts a quitté l'île, lui aussi.

Forrest avait cessé de chercher des cartouches et il observait le pâle visage d'Oriana.

— Ce qui faisait de la demeure des Deveraux la seule maison encore intacte sur l'île ?

— Oui, la seule maison encore intacte.

Oriana se souvint des pièces vidées de tout leur mobilier et des vitres brisées. Tout n'avait été que poussière, délabrement et papier peint tombant en lambeaux.

Sa mère et elle avaient occupé deux pièces au rez-de-chaussée — la cuisine et la petite chambre à coucher adjacente. Oriana dormait sur un lit pliant dans la cuisine.

Et Oriana se souvint du silence. Sa mère ne lui parlait presque jamais.

Il avait fallu cultiver un coin de terre pour survivre et elle se souvint de sa mère tailladant rageusement les mauvaises herbes avec son sarcloir, et de ses yeux brillant de haine à cause de ce qu'elle était obligée de faire.

Et puis un jour, alors que Oriana était encore toute petite, elle avait dit :« Je vais m'occuper du potager, maman. Toi, rentre à la maison, ne reste pas au soleil. »

Sa mère lui avait lancé un regard furieux. « Pourquoi ? »

« Parce que tu hais ce travail. »

Sa mère avait ôté ses gants de jardinage et les avait laissé tomber sur le sol. Elle s'était éloignée et n'était plus jamais revenue dans le jardin potager.

Après, sa mère avait toujours dormi jusqu'à dix

heures du matin. Une fois levée, son regard se portait sans cesse vers la pendule, durant toute la journée, dans l'attente de cinq heures de l'après-midi.

A cinq heures, elle mettait sa chemise de nuit et allait chercher une des bouteilles de cognac dans les caisses en bois rangées à la cave. Puis elle s'installait à la table de cuisine, sirotait lentement son cognac dans un verre à eau et faisait des patiences, partie après partie.

A huit heures, elle rangeait le jeu de cartes, se dirigeait précautionneusement vers la chambre à coucher, et se mettait au lit.

Et puis un matin, au réveil, Oriana avait jeté un coup d'œil dans la chambre à coucher et avait vu que sa mère était morte.

Oriana avait attendu sur le quai l'arrivée du bateau du courrier et elle avait dit au pilote ce qui était arrivé. Celui-ci était revenu sur l'île dans l'après-midi, accompagné de deux hommes pour creuser la tombe et d'un pasteur pour dire le service funèbre. Lorsque le bateau était reparti, Oriana était à bord, n'emportant qu'une valise. Elle aurait bientôt dix-huit ans.

L'esprit d'Oriana fut ramené au présent par un bruit lointain de métal sur lequel on tapait frénétiquement.

— Bon sang, dit Forrest. C'est Henry.

Il s'empara du fusil de chasse et sortit de la maison.

Le martèlement cessa.

— Restez à l'intérieur, ordonna-t-il à Oriana.

Il s'élança au bas des marches et se mit à courir vers l'allée mais, après le premier tournant du chemin, il ralentit son allure et s'avança avec plus de précautions.

Il était presque arrivé au quai lorsqu'il aperçut Henry assis sur un arbre tombé à terre, la bassine posée sur ses genoux.

Forrest courut vers lui.

— Où est le tigre, Henry?

Henry sourit.

— Il a filé vers la plage.

— Vous avez tapé sur cette bassine et il a détalé?

— Exactement. (Henry tapa plusieurs fois sur la bassine avec la cuillère en bois d'un air distrait puis il se mit debout.) Je pense que nous ferions tout aussi bien de rentrer.

— Vous avez laissé le message sur le quai?

Henry battit des paupières.

— Le message? Oh, oui. Mais je ne pense pas que ce soit vraiment important. Il est probable que Mike ne reviendra pas aujourd'hui. La mer devient agitée et regardez le ciel, un orage est imminent. Si cela se confirme, un petit bateau prendrait un très gros risque en essayant de faire la traversée depuis le continent. Et Mike ne prendra jamais ce genre de risque si un orage éclate. Il ne sait pas nager, vous savez. (Henry scruta le ciel.) Il va pleuvoir bientôt. La pluie et le vent. Peut-être même un ouragan. La feuille de papier que j'ai laissée sur le quai va être complètement trempée et arrachée par le vent. Une fois l'orage passé, je retournerai là-bas et je fixerai un autre message avec des punaises. Dans la matinée, peut-être.

Ils étaient presque arrivés à la maison lorsque Henry soupira.

— Allons, autant vous dire la vérité.

— La vérité à propos de quoi, Henry?

— Il n'y avait pas de tigre. Du moins, je ne l'ai pas vu.

— Vous avez décidé de taper sur cette bassine juste pour voir le bruit que ça faisait?

Henry acquiesça de la tête.

— Cela et je voulais voir qui aurait le courage de venir pour découvrir ce qui m'était arrivé. Vous ne pensez pas qu'ils vont être déçus? Après tout, ils s'attendent à ce que le tigre m'ait dévoré et voilà que je reparais sain et sauf.

— Pas déçus, Henry. Mais peut-être un peu irrités, si vous leur dites la vérité.

Lorsqu'ils entrèrent dans la maison, Oriana et Eve attendaient.

Laurie posa doucement sa main sur l'épaule de Henry.

— Tu n'as rien, Henry?

Forrest répondit à sa place.

— Non, il n'a rien. Il a fait fuir le tigre.

La pluie commença à tomber.

5

Bowler plissait les yeux, s'efforçant de voir à travers les carreaux de la fenêtre de la cuisine voilés par la pluie. Il ne distinguait absolument rien.

Il tombait des cordes. Des cordes.

Et c'était parfait. Les chats n'aiment pas la pluie et, après tout, un tigre n'était jamais qu'un gros chat. Ce foutu animal ne viendrait pas rôder par ici, maintenant ou ce soir, si la pluie se maintenait. Il irait se terrer quelque part, dans un endroit sec.

Bowler se versa une tasse de thé et ajouta un doigt de cognac. Il allait attendre jusqu'à onze heures du soir. Lorsque tout le monde dormirait. Ou au moins lorsqu'ils seraient montés se coucher.

Les vitres vibrèrent sous l'effet d'une soudaine bourrasque. Bowler se tourna vivement vers la fenêtre, s'attendant presque à apercevoir la tête du tigre. Mais il n'y avait rien. Seulement la pluie.

Le regard de Bowler s'attarda un instant sur le tablier de Clara accroché à une patère. Satanée bonne femme.

A première vue, Clara n'était pas mal du tout. Mais lorsque vous remarquiez finalement ces yeux — lorsque vous y faisiez vraiment attention — vous vous rendiez compte à qui vous aviez affaire. Une femme autoritaire. Ouais, incontestablement autoritaire.

Bowler avait lu cela dans les yeux de Clara dès le début et pour rien au monde il n'aurait essayé de lui faire du gringue... s'il n'y avait pas eu ce maudit livret de caisse d'épargne.

Il était employé par Hegan depuis trois semaines lorsqu'il trouva enfin l'occasion de s'introduire dans la chambre de Clara. Elle était allée au cinéma et il s'était assuré qu'elle était bien partie avant de se glisser dans sa chambre.

Tout était bien rangé, propre et net, comme on pouvait s'y attendre. Le lit, la coiffeuse, la chaise au dossier droit, tout était disposé avec précision et sans la moindre imagination. Il avait reniflé son flacon de parfum sur la coiffeuse. Dépourvu de toute personnalité.

Que cherchait-il en fait ? Rien de précis, mais on ne savait jamais ce qui pouvait se présenter.

Il avait ouvert l'un des tiroirs de la commode. Des pièces de monnaie dans un pot à confiture avaient attiré son attention. Il avait compté l'argent. Quatre-vingt dix-huit *cents*. Il avait glissé deux *dimes*[2] et un *nickel*[2] dans sa poche et avait remis les autres pièces dans le bocal.

Il avait palpé la petite pile de mouchoirs.

Quelque chose sous les mouchoirs.

Il avait dégagé le petit livret vert de caisse d'épargne et avait souri. Hé ! hé ! qu'est-ce que nous avons là ?

Il avait ouvert le livret et haussé un sourcil. Plus de dix mille dollars. Bien bien !

Il était resté là, réfléchissant à sa trouvaille. Oui, cela semblait logique. A en juger par ce qu'il avait été à même d'observer jusqu'ici, Clara ne sortait presque jamais, ne dépensait pour ainsi dire rien.

Quel âge avait-elle ? Trente-cinq, trente-six ans ? Elle travaillait probablement depuis qu'elle avait quitté le lycée. Et elle avait fait des économies.

Dix mille dollars ? Et cela uniquement sur son livret. Y avait-il davantage ? Des actions ? Des bons du Trésor ? Des actions et des obligations sûres. Pas de placement hasardeux, s'il devinait correctement le caractère de Clara.

Il avait souri en replaçant soigneusement le petit livret

2. *Dime*, pièce de dix *cents* ; *nickel* : pièce de cinq *cents* (*N.d.T.*)

sous les mouchoirs. Il avait hésité un instant puis, à regret, avait remis les deux *dimes* et le *nickel* dans le bocal. Il ne fallait pas compromettre un projet plus rentable pour de la menue monnaie. Clara risquait de s'apercevoir que les pièces avaient disparu et se poserait des questions.

Maintenant Bowler sirotait son thé et regardait d'un air maussade son image déformée sur le flanc de la théière polie. La calvitie est la règle dans ma famille, pensa-t-il. Mon père. Mon grand-père — d'après le peu de souvenirs que j'ai gardés de lui.

Le père de Bowler avait été maître d'hôtel, ainsi que son grand-père. Tous les Bowler mâles avaient été maîtres d'hôtel quasiment depuis l'aube des temps, semblait-il. Ils avaient toujours vécu dans la demeure des autres.

Mais Bowler lui-même avait toujours joué de malchance avec ses employeurs. En fait, certains avaient même menacé de le remettre entre les mains de la police. Des hommes riches, en plus, et qu'est-ce que cela pouvait bien leur faire, quelques malheureux dollars chapardés ici et là ?

Heureusement, il avait toujours ouvert l'œil et habituellement il avait été en mesure de faire pression, jusqu'à un certain point, quand on le poussait dans ses derniers retranchements. Et c'est pourquoi il avait toujours réussi à obtenir d'excellentes lettres de recommandation lorsqu'il avait été contraint de partir.

Il soupira profondément. Mais que suis-je maintenant ? Un maître d'hôtel ? La plupart du temps je suis en réalité un chauffeur, quand je ne promène pas le chien, bref un homme à tout faire. Et, en ce qui concernait Clara, également l'aide-cuisinier.

Courtiser Clara et lui demander de l'épouser avait été d'une simplicité enfantine. Apparemment, cette femme n'avait jamais attiré les regards d'un homme de toute sa vie.

Moins de quatre semaines plus tard, ils s'étaient mariés — un mariage civil et une brève cérémonie — et étaient partis en voyage de noces — trois jours aux Chutes du Niagara, évidemment !

Bowler avait attendu encore deux semaines avant de mettre sur le tapis la question de l'argent. « Ma chérie », avait-il dit au cours du petit déjeuner, « le mariage est une affaire à parts égales, tu es d'accord avec moi ? »

Il se souvint qu'elle avait acquiescé prudemment.

Il avait reposé sa tasse. « J'ai réfléchi et je me suis dit que nous devrions ouvrir un compte commun. Grouper notre argent, tu sais. Après tout, mon argent est le tien, comme on dit. »

Elle avait souri. « Je ferai comme bon te semblera, Andrew. »

Il y avait eu un petit silence avant que Bowler poursuive. « Nous irons à la banque à la première occasion pour ouvrir ce compte commun. Quelle est ta banque ? »

Elle avait beurré un toast. « Ma banque ? Mais je n'ai pas de compte en banque, Andrew. Rien du tout. »

Il avait ressenti un léger frisson. « Tu n'as pas de compte de dépôt ?

— Non. »

Bowler était parvenu à sourire. « Bien sûr, cela ne regarde que toi, je suppose, mais tu sembles économe et tout ça, et je pensais simplement que tu avais peut-être gardé une poire pour la soif, comme on dit. »

Elle était restée toute innocence. « Je suis désolée mais je n'ai absolument rien mis de côté. C'est à cause de mon frère, au Canada. Il avait une famille nombreuse à nourrir et il a eu de gros ennuis, alors je lui ai envoyé tout l'argent dont je disposais. »

Il l'avait regardée fixement. S'attendait-elle vraiment à ce qu'il gobe une histoire pareille ?

Les yeux noirs s'étaient posés sur lui à nouveau. « Mais tu as raison pour le compte commun, Andrew. Je vais écrire à mon frère et lui dire que je ne peux plus lui envoyer d'argent dorénavant. Ses enfants sont maintenant assez grands pour l'aider financièrement. Et ainsi — en commençant avec notre chèque de règlement de salaire de ce mois — nous mettrons notre argent sur un compte commun. Nous mettrons de côté chaque *cent* que nous pourrons. Tu es de mon avis, Andrew? »

Alors cela allait se passer comme ça? Elle ne le laisserait pas toucher à son argent? Devait-il lui dire qu'il savait qu'elle avait au moins dix mille dollars à la banque? Durant un moment, il avait soutenu le regard de ces yeux noirs. Non. Ce ne serait pas la bonne tactique. Pas du tout.

Il s'était composé un sourire. « C'était extrêmement gentil de ta part, Clara. Aider ton frère et sa famille pendant toutes ces années. »

Bowler avait attendu trois semaines avant de faire une nouvelle tentative.

Après qu'ils eurent dîné dans la cuisine, il avait soupiré de façon marquée.

« Qu'est-ce qui ne va pas? » Une certaine dureté était apparue dans la voix de Clara ces derniers temps.

Il avait eu un léger haussement d'épaules. « Je ne crois pas que tu puisses faire grand-chose à ce sujet.

— Dis toujours. »

Il avait perdu un peu de sa contenance sous son examen attentif, mais il était parvenu à poursuivre. « Je pensais qu'ils ne me trouveraient jamais, pourtant ils l'ont fait. Deux d'entre eux sont venus me voir hier et ils ont été très explicites. Des types baraqués.

— Mais de quoi parles-tu?

— Avant que nous soyons mariés... longtemps avant que je te connaisse... je misais de très grosses sommes aux courses. Avec ce bookmaker. Et je perdais, bien sûr. Cela se passait toujours ainsi, semblait-il. Et le résultat de toutes ces bêtises c'est que je leur dois encore dix mille dollars et ils exigent cet argent.

— Tu leur dois de l'argent?

— Oui. Dix mille dollars. » (Il s'était humecté les lèvres.) « Le problème, c'est qu'ils refusent d'attendre plus longtemps. Ils exigent que je paie mes dettes immédiatement, sinon ils prendront des mesures énergiques.

— Ils?

— Le Syndicat.

— Quel Syndicat ? »

Il s'était emporté, bouillant d'impatience. « *Le* Syndicat. Ils exigent un paiement immédiat et si je ne me présente pas avec l'argent dans les vingt-quatre heures... » Il avait marqué un temps d'arrêt. « Eh bien, tu sais ce que font ces types du Syndicat.

— Non, avait-elle dit. Je ne le sais pas. »

Il s'était surpris à rougir. « Les gens ne se défilent pas lorsqu'ils ont des dettes de jeu envers le Syndicat. Ça non !

— Les dettes de jeu sont irrecevables dans cet Etat. S'ils te menacent, va trouver la police. »

Il avait haussé le ton. « On ne peut pas faire ça. Cela ne servirait à rien. Ils finissent toujours par te régler ton compte. Personne ne résiste au Syndicat. Il me faut ces dix mille dollars. »

Elle avait esquissé un sourire définitif. « Je ne vois vraiment pas comment nous pourrions faire. Nous n'avons pas dix mille dollars, n'est-ce pas ? »

Il avait explosé. « *Nous* n'avons pas dix mille dollars ! Mais toi, tu les as ! »

Sa voix avait été un ronronnement. « Vraiment ? Et comment sais-tu cela ? »

Bowler s'était repris et avait même tenté un sourire. « Tout à fait par hasard j'ai trouvé ton livret de caisse d'épargne en cherchant des boutons de manchette. »

Elle avait ri, du bout des lèvres. « Bon, admettons que j'aie vraiment un compte en banque. Tu penses que je suis le genre de personne à laisser traîner son livret de caisse d'épargne dans le tiroir d'une commode ?

— Pourtant il était là, avait insisté Bowler. « Sous les mouchoirs. » Durant un instant d'égarement, il avait sincèrement regretté d'avoir remis les deux *dimes* et le *nickel* dans le pot à confiture.

Clara était devenue pensive, de façon espiègle. « Maintenant que j'y songe, un jour j'ai laissé mon livret de caisse d'épargne sous une pile de mouchoirs. Mais c'était avant que nous soyons mariés. Je me rappelle que j'étais allée voir un film ce soir-là. Un très beau film. »

Les yeux de Bowler s'étaient agrandis. A présent il comprenait tout. Elle avait à dessein laissé le livret afin qu'il le trouve. Elle avait su qu'il fouillerait dans ses affaires. Tout ça avait été un piège ! Tout ce foutu truc ! La seule façon dont elle pouvait l'avoir rien que pour elle était de...

Que le diable emporte cette femme ! Qu'elle aille se faire fiche !

Il avait failli fondre en larmes alors qu'il quittait la pièce violemment.

Mais ensuite il avait fait face à la situation, une fois de plus. D'accord, Clara l'avait dupé afin qu'il l'épouse, mais le fait demeurait que Clara avait dix mille dollars. Peut-être davantage.

Il s'était forcé à réfléchir de manière rationnelle. Oui, il était tombé dans le piège et avait épousé Clara, mais est-ce que cela n'indiquait pas au moins qu'elle l'avait désiré assez pour lui tendre ce piège ? Cet amour possible était-il un levier qu'il pouvait utiliser ?

Ou bien avait-elle seulement voulu un homme ? N'importe quel homme ? Alors qu'elle approchait de la quarantaine, avait-elle été prise de panique à l'idée de rester vieille fille ?

Il avait soupiré. Tout cela promettait d'être considérablement plus difficile qu'il ne l'avait imaginé. Cela prendrait du temps. Beaucoup de temps. Et il lui faudrait se montrer plus ingénieux. Plus de maladresses comme cette histoire de Syndicat. Devait-il retourner dans la cuisine en arborant un grand sourire ? Non. Ce serait trop évident, trop transparent. Et cela viendrait trop tôt.

Non, avait-il décidé, il allait se comporter en mari indigné, comme tout mari réagirait. Il n'adresserait pas la parole à Clara pendant deux ou trois jours. Et même après cela il continuerait de lui marquer de la rancœur pendant quelque temps. Ce serait normal. Attendu.

Et ensuite, un changement d'attitude progressif ? Il se montrerait très attentionné auprès de Clara. De petites choses. Des fleurs. Des bonbons. Tout le bazar.

Cela avait été son plan. Son plan de bataille.

Mais il y avait eu cette île de malheur et Jim Pitts avait fait son apparition.

L'île avait tout de suite déplu à Bowler. Trop isolée. Plus de la moitié du temps, lui et Clara et Pitts étaient les seules personnes sur l'île.

Pitts.

L'homme était tout à fait odieux. Lourdaud et stupide et ce caractère infernal. Il était évident que sa vie avait été une longue débauche. La boisson avait laissé sa marque sur son visage et il n'était pas du tout soigneux de sa personne, non plus. Pas rasé la plupart du temps et Bowler doutait que Pitts prenne très souvent un bain ou même une douche.

Vraiment, Bowler ne parvenait pas à comprendre ce que Clara lui trouvait.

Bien sûr, cela avait été parfaitement clair dès le commencement. L'attirance réciproque... animale... qu'ils avaient éprouvée l'un pour l'autre.

Non pas que Bowler fût jaloux. Bonté divine! certainement pas. Il était même... eh bien... soulagé. Clara pouvait se montrer quelque peu exigeante dans certains domaines triviaux.

Non, c'était le principe de la chose qui l'avait perturbé. Cela, et, bien sûr, l'argent.

Après tout, il était son mari et si elle daignait donner un peu de son argent, assurément ce devait être à son propre époux.

Mais en fait elle avait commencé à donner de l'argent à Pitts.

Bowler avait été témoin de l'une de leurs transactions depuis une fenêtre du premier étage. Ses jumelles n'étaient pas assez puissantes pour qu'il soit à même de distinguer la valeur des billets qu'elle avait tendus à Pitts, mais c'était bel et bien de l'argent. Il en était certain.

Cela expliquait-il pourquoi Pitts semblait toujours avoir suffisamment d'argent pour son alcool?

Bowler avait vu Clara donner l'argent à Pitts et puis

tous deux s'étaient embrassés, si l'on pouvait utiliser ce terme pour ce qu'ils faisaient de façon si vulgaire. Et si Pitts n'avait pas été obligé de se rendre sur le continent, peut-être que, séance tenante, dans le jardin de derrière, ils auraient...

Bowler avait frissonné et éprouvé l'envie indignée de dévaler l'escalier jusqu'au jardin et de les affronter tous les deux, mais il avait hésité. Comment savoir de quoi était capable une brute comme Pitts ? Il pouvait s'emporter et se livrer à des actes de violence.

Bowler avait attendu donc le départ de Pitts pour se précipiter au rez-de-chaussée. Il avait trouvé Clara dans la cuisine et il en était venu droit au fait. « Je t'ai vue donner de l'argent à Pitts. Est-ce que tu le nies ? »

Elle avait fixé sur lui ses yeux noirs. « Ainsi tu m'espionnais ? »

Il avait rougi. « Bien sûr que non. C'était tout à fait par hasard. Il se trouve que je regardais par la fenêtre ? » Il avait tenté de reprendre l'offensive. « Combien lui as-tu donné ? Et pourquoi ?

— Vingt dollars. »

Il avait bredouillé. « Tu lui as donné vingt dollars ? »

Elle avait souri. « Je lui donne de l'argent depuis quelque temps déjà. »

Les yeux de Bowler s'étaient agrandis. Elle avait répondu sans hésiter, reconnaissant tout. Elle n'avait même pas essayé de dissimuler cette affaire sordide. « Mais pourquoi, Clara. Pourquoi ? »

Elle avait ri.

Mais tout ça était bel et bien terminé maintenant.

Le regard de Bowler se tourna vers la pendule. Il allait attendre jusqu'à onze heures. Il versa encore un peu de cognac dans sa tasse et la leva pour porter un toast.

Au tigre.

6

Bowler l'avait informée que MacIntyre prendrait ses repas dans sa chambre.

Pauvre Jamie, pensa Laurie.

Il avait déjà ces yeux larmoyants lorsqu'il était gosse, et ces cheveux gris souris qui étaient si fins et toujours ébouriffés, et il avait sans cesse l'air effrayé.

Elle et Jamie étaient cousins. Au deuxième ou au troisième degré, ou quelque chose comme ça. Laurie n'avait jamais été en mesure de le savoir avec précision. Probablement n'étaient-ils même pas aussi proches parce qu'ils étaient tellement différents.

Le père de Jamie avait été l'entrepreneur des pompes funèbres du quartier. De nos jours on ne les appelle plus comme ça, mais à cette époque on disait entrepreneur des pompes funèbres, et l'Etablissement de Pompes Funèbres. MacIntyre se trouvait au milieu du pâté de maisons — pas comme les établissements de pompes funèbres actuels qui sont toujours situés à un coin de rue, avec une grande pelouse tout autour. Celui de MacIntyre n'était pas un bâtiment très imposant. Juste une maison de brique, à un seul étage, bâtie tout près du trottoir, avec deux panneaux de stationnement interdit sur le devant. Et, chaque fois que quelqu'un ouvrait la porte d'entrée, on entendait la musique d'orgue enregistrée provenant de l'intérieur.

Les MacIntyre habitaient en haut, au premier étage.

Mr MacIntyre, Jamie, et la mère de Jamie. Il y avait une autre entrée, un escalier extérieur à l'arrière de la maison, ce qui vous évitait de passer par le rez-de-chaussée et de déranger qui que ce soit lorsque vous leur rendiez visite.

Le rez-de-chaussée, c'était là où se trouvaient la salle d'exposition avec l'estrade pour le cercueil et les chaises pliantes, et le bureau de Mr MacIntyre, ainsi qu'une alcôve fermée par d'épais rideaux violets où la famille du défunt pouvait se recueillir si elle le désirait. Et au sous-sol Mr MacIntyre faisait le travail sur les corps et parfois il en avait deux ou trois en même temps, du moins d'après Jamie.

Laurie n'était jamais allée au sous-sol, et elle n'avait jamais eu envie d'y aller, bien que Jamie lui ait proposé de voir un cadavre lorsque son père n'était pas là.

Tous les gosses du quartier avaient pris l'habitude d'observer les cheminées de la maison des MacIntyre et lorsqu'ils voyaient de la fumée en sortir ils savaient que Mr MacIntyre était en train de faire brûler des parties d'un corps, comme les organes internes. Jamie disait que c'était pour rendre le corps aussi léger que possible afin que ceux qui portaient le cercueil n'aient pas à se plaindre du poids. Encore aujourd'hui, elle ne savait toujours pas si Jamie lui racontait des blagues ou non, parce qu'il n'avait rien d'un plaisantin.

Il y avait une boutique de tailleur d'un côté de l'établissement de pompes funèbres MacIntyre et une taverne de l'autre côté. *Au tonneau de Herman et Bessie*. Au cours des chaudes soirées d'été, lorsque la porte de la taverne était ouverte et bloquée à l'aide d'une cale pour faire entrer un peu d'air, elle passait devant et d'ordinaire elle apercevait Mr MacIntyre accoudé au comptoir.

Certaines personnes disaient qu'il passait le plus clair de son temps là-bas, mais les spiritueux et la bière ne produisaient aucun effet visible sur lui. Il ne titubait pas, ou quelque chose dans ce genre. Parfois il sentait un peu la bière, mais le plus souvent c'était le phénol.

Mr MacIntyre portait toujours un complet-veston et un œillet blanc à son revers.

Tout le monde l'appelait Mr MacIntyre. Pas Mac ou juste MacIntyre, mais Mr MacIntyre. Probablement parce que, dans ce quartier, le fait de porter un complet-veston en semaine vous singularisait.

Mrs MacIntyre ne quittait presque jamais l'appartement du premier. C'était une femme de grande taille avec des yeux foncés qui donnaient toujours l'impression qu'elle avait la migraine.

Laurie et sa mère venaient lui rendre visite, en empruntant l'escalier extérieur, environ deux ou trois fois par an, parce que, après tout, ils étaient parents, et d'ordinaire elles restaient une heure, mais cela paraissait beaucoup plus long.

Mrs MacIntyre avait toutes ces brochures religieuses et son unique sujet de conversation était le Jugement Dernier. Elle était toujours convaincue qu'il allait survenir, année après année, et elle vous donnait le jour exact et l'heure.

Lorsque Laurie et sa mère rentraient à la maison, Laurie informait son père de la prédiction du Jugement Dernier pour cette année, et il entourait d'un cercle la date sur le calendrier. Le jour fatal arrivait, sans le moindre jugement, et papa secouait la tête et disait : « Nom d'un chien, et moi qui étais prêt à m'en aller. »

Son père travaillait à l'Entreprise de Moteurs Hors-Bord Garrison. L'horaire était souple et la paie équitable parce qu'ils avaient un syndicat énergique et que tout le monde se serrait les coudes lorsqu'il le fallait.

C'était le genre robuste et plutôt bel homme. Pas corpulent. Juste peut-être cinq ou six kilos superflus et il avait des yeux bleus vraiment magnifiques et des cheveux jaune paille. L'été il jouait au softball[1] dans l'équipe amateur des Meubles Jacobi et l'hiver il faisait partie de deux équipes de bowling, les mardis et vendredis soir. Son score moyen se situait autour de cent

1. Genre de baseball, joué avec une balle plus grande et plus molle (*N.d.T.*).

quatre-vingt-cinq, ce qui n'était pas mal du tout, et il avait gagné une douzaine de trophées qui trônaient sur la tablette de la fausse cheminée.

Son père mourut alors que Laurie avait dix-sept ans. Une crise cardiaque, supposa tout le monde, parce que cela survint durant son sommeil et qu'il était mort le lendemain matin.

L'enterrement de papa fut probablement le plus imposant et le plus réussi dont Mr MacIntyre ait jamais eu à s'occuper. Laurie n'avait pas soupçonné que son père était quelqu'un d'aussi important et populaire, mais une foule énorme était présente à la cérémonie et il y eut même un embouteillage devant l'Etablissement MacIntyre lorsque vint le moment pour le cortège funèbre de se rendre au cimetière. Trois ou quatre flics furent nécessaires pour que tout rentre finalement dans l'ordre.

L'équipe de softball de papa et leurs épouses et les enfants étaient là et les équipes de bowling et tous les ouvriers de l'entreprise de moteurs hors-bord. Aligné près de la tombe, il y avait même un peloton de l'American Legion.

Tout le monde donna libre cours à ses larmes et se sentit beaucoup mieux. Ensuite tous repartirent vers la maison où deux tonneaux de bière avaient été posés sur des tréteaux dans l'arrière-cour. Il y avait du jambon, de la charcuterie, des saucisses, des salades et du ragoût en cocotte, et toutes sortes de tartes, de pâtisseries et de petits gâteaux apportés par les amis et les voisins du défunt. Les dernières personnes à partir ne le firent qu'après onze heures du soir et la pelouse était à peu près fichue pour l'été.

Laurie avait eu de bons parents et une vie de famille heureuse, ce dont elle était reconnaissante. Elle n'avait pas le moindre souvenir de sa mère ou de son père se disputant pour quoi que ce fût de sérieux, et la famille comportait le nombre d'enfants qu'il fallait. Elle avait trois frères et une sœur, et d'ordinaire ils s'entendaient à merveille, à l'exception de quelques querelles insignifiantes, comme de raison.

Mais Jamie n'avait pas de véritable famille. Juste lui et sa mère lisant ces brochures et lui disant que la fin du monde surviendrait avant qu'il ait eu une chance de grandir.

Pauvre Jamie. Elle continuait de penser à lui de cette façon, même si aujourd'hui il était docteur et tout ça. En un sens, vous aviez le sentiment qu'il n'avait jamais réussi à prendre sa vie en main.

A la différence de Mike.

Mike savait toujours ce qu'il faisait.

Ils s'étaient rencontrés au lycée alors qu'elle était élève de première année. Mike n'avait jamais eu de problèmes pour tomber des filles et il en avait certainement connu des tas, mais il parut s'assagir lorsqu'ils commencèrent à sortir ensemble.

Tout s'était passé si naturellement. Elle ne s'était jamais senti fautive et elle n'avait pas pensé qu'elle irait en enfer ou des bêtises de ce genre. C'était juste quelque chose que vous faisiez tôt ou tard lorsque vous aimiez quelqu'un, néanmoins vous n'informiez pas vos parents de ce qui vous arrivait, même si des choses comme celle-là s'étaient produites depuis la nuit des temps, et étaient probablement arrivées à vos parents également.

Il y avait eu ce vieux garage derrière la maison du père de Mike. C'était un bâtiment en bois qui avait été une grange autrefois. En bas il y avait de la place pour deux voitures et en haut un grenier où les gens mettaient le foin pour leurs chevaux dans l'ancien temps.

Mike et elle se rendaient discrètement là-haut, après les cours, et utilisaient le matelas et les oreillers qu'il y avait apportés subrepticement.

En été il faisait parfois trop chaud au grenier, alors Mike ouvrait une trappe sur l'un des murs de la grange et essayait de faire rentrer un peu d'air frais.

Elle n'avait pas eu à craindre que quelqu'un les aperçoive par cette ouverture, parce qu'il y avait un arbre juste devant le bâtiment et cela formait comme un écran de feuilles vertes.

Mais un après-midi, alors que Mike et elle avaient

terminé leur petite affaire et étaient allongés à rêvasser, elle avait levé les yeux et aperçu le visage de Jamie parmi les feuilles.

Il était grimpé à l'arbre et avait regardé, les yeux gros comme des soucoupes, ce qu'ils faisaient.

Elle avait failli pousser un cri, mais ensuite elle avait soudain pensé : Mon Dieu, si Mike voit Jamie dans cet arbre, il va le tuer, c'est sûr ! Aussi n'avait-elle rien dit, mais lorsque Mike eut tourné le dos, elle avait pointé son index vers Jamie et ses lèvres avaient formé en silence les mots : « Fiche le camp, bon sang ! »

Le visage de Jamie avait disparu au sein des feuilles, et elle distingua juste le bruit lorsqu'il redescendit et sauta vers le sol, mais par bonheur Mike n'avait rien entendu.

Elle avait eu une peur atroce que Jamie ne puisse raconter à quelqu'un ce qu'il avait vu et c'est pourquoi, une fois rentrée à la maison, elle composa le numéro privé dont les MacIntyre disposaient pour leur appartement et demanda à parler à Jamie. Mrs MacIntyre avait dit que Jamie n'était pas encore rentré, mais qu'elle l'attendait pour le dîner.

Alors Laurie avait couru jusqu'à l'établissement de pompes funèbres et s'était cachée à proximité de l'escalier extérieur et avait attendu.

Il était bientôt cinq heures et demie lorsque Jamie était arrivé et avait ouvert la grille de derrière. Dès qu'il l'aperçut, il avait filé vers la porte latérale du garage où Mr MacIntyre mettait son fourgon mortuaire et la grosse Cadillac noire.

Laurie avait couru jusqu'à la porte du garage et l'avait ouverte. « Jamie, je veux te parler. Tout de suite. Maintenant. »

Mais il n'y avait eu que le silence et elle n'avait aperçu Jamie nulle part à l'intérieur. Pourtant elle savait qu'il était forcément là parce qu'il n'y avait pas d'autre sortie, sauf en passant par la grande porte du garage et elle était fermée.

En conséquence elle avait inspecté le garage et avait finalement trouvé Jamie à l'arrière de la grosse Cadillac, à quatre pattes sur le plancher et essayant de se dissimuler.

Elle avait ouvert la portière arrière et dit : « Eh bien, Monsieur le Voyeur, j'attends tes explications ! »

Le visage de Jamie était blême et il n'avait rien dit.

« Je suppose que maintenant tu vas raconter ça à tout le monde ? A tout le quartier ? »

Il avait fait non de la tête.

« Comment savais-tu que nous étions là-haut ? » avait-elle demandé, lui lançant des regards vraiment furieux.

Il était incapable de la regarder en face et il avait fini par dire : « Je vous ai suivis plusieurs fois et je vous ai vus entrer dans le garage. »

Elle avait battu des paupières. « Et combien de fois au juste étais-tu caché dans cet arbre à nous épier ?

— Plusieurs fois. Pas beaucoup.

Il avait eu l'air tellement terrifié qu'elle s'était un peu radoucie.

— Tu n'en parleras à personne, hein ?

— Non, avait-il répondu d'un ton solennel. Je ne dirai rien. Je le jure, Laurie. Jamais je ne ferais une chose pareille. »

Puis il l'avait regardée d'une drôle de façon.

Et elle avait vu dans ses yeux ce qu'il voulait et cela l'avait choquée. Vraiment choquée, parce que vous ne vous attendiez pas du tout à quelque chose comme ça de la part de Jamie. Pas Jamie, oh non !

Mais il avait eu l'air tellement seul. Tellement perdu et désemparé, vraiment, qu'elle avait eu pitié de lui.

Alors elle était montée à l'arrière de la Cadillac et avait refermé la portière derrière elle puis elle l'avait aidé à déboutonner sa chemise et ôter ses vêtements.

Lorsqu'ils eurent fini de se déshabiller, ils s'étaient allongés sur la banquette et elle avait senti que Jamie tremblait comme une feuille.

Pauvre Jamie. Elle avait été patiente et compréhensive, mais il était incapable d'arriver à quoi que ce soit. Au bout d'une demi-heure environ, elle lui avait dit que c'était l'heure du dîner et qu'elle devait rentrer à la maison et elle trouva qu'il avait l'air tout à fait soulagé.

Une fois qu'ils se furent rhabillés, elle l'avait observé sortir du garage et se diriger vers la maison et il ne se retourna pas.

Elle n'avait jamais dit à Mike pour Jamie. Elle et Mike continuaient d'utiliser le grenier, bien sûr, mais d'abord elle s'assurait toujours que Jamie n'était pas dans l'arbre, et il ne revint jamais.

Laurie avait eu d'autres sujets d'inquiétude parce que, à cette époque, la pilule n'existait pas et que Mike refusait d'utiliser des préservatifs. Il disait toujours que si on ne pouvait pas cracher dans le bénitier, cela n'en valait vraiment pas la peine.

Au moins une douzaine de filles dans sa classe avaient été obligées d'interrompre leurs études avant la fin de l'année scolaire et Laurie était persuadée que cela allait lui arriver également, mais il n'en fut rien.

Durant sa dernière année au lycée, Mike avait quelque peu changé. Non pas que leurs relations se soient détériorées — c'était toujours aussi bon — mais il prenait un air absent et son regard se perdait dans le vide lorsqu'elle lui disait qu'ils pourraient se marier lorsqu'il aurait reçu son diplôme de fin d'études.

Finalement il lui avait annoncé qu'il avait beaucoup réfléchi et décidé d'entreprendre des études supérieures.

Cela l'avait vraiment abasourdie parce que Mike n'était pas le genre de personne à se plonger dans des bouquins ou à vouloir s'instruire plus que nécessaire. Et maintenant qu'elle y songeait, elle était incapable de se rappeler que quelqu'un d'autre du quartier ait jamais entrepris des études supérieures, à l'exception de Jamie.

Elle avait pensé que Mike s'inscrirait à l'université locale parce que de cette façon il pourrait continuer d'habiter chez lui et ne serait pas obligé de chercher une chambre meublée et tout le reste, mais Mike décida d'aller dans un petit collège, dans le Sud, qui accueillait moins de cinq cents étudiants. Mike dit que c'était un endroit où un tas de richards envoyaient leurs gosses après que ceux-ci eurent été renvoyés d'autres écoles, mais leurs parents voulaient néanmoins qu'ils décrochent un vague diplôme afin de ne pas les avoir à charge.

Elle lui avait demandé ce qu'il avait l'intention d'étudier là-bas — comme la médecine ou le droit ou la dentisterie — et il répondit que sa matière principale serait le tennis. Elle ne parvint pas à trancher s'il plaisantait ou non, parce qu'il s'acheta une raquette de tennis et se mit à fréquenter assidûment les courts de tennis de Washington Park où il jouait des heures durant.

Elle lui avait également demandé comment il pourrait se permettre financièrement d'aller dans un collège pour gosses de riches et il avait répliqué, ne t'en fais pas, je trouverai bien un moyen ou un autre.

Lorsqu'il fut parti là-bas, Laurie comprit qu'écrire des lettres n'était pas son fort. Juste un mot de temps à autre. Et puis d'une manière imprévue, à la fin du premier semestre, il lui écrivit qu'il avait fait la connaissance de cette fille, Myra, et qu'il avait décidé de l'épouser.

Aussi simple que ça. Brutalement. Pas de lettre pour la préparer à cette nouvelle, pas de lettre de rupture, rien du tout.

Bien sûr, Laurie avait été abasourdie. Mais c'est la vie. Vous devez faire contre mauvaise fortune bon cœur et elle avait raidi sa volonté et continué son chemin.

Laurie n'avait jamais eu l'occasion de rencontrer Myra en chair et en os, mais elle avait vu des instantanés. Myra était petite, brune, n'avait rien d'une beauté et Laurie ne parvenait pas à comprendre pourquoi Mike l'avait épousée. Et puis Henry était né cinq mois après la cérémonie du mariage et ceci expliquait sans doute cela.

Laurie alla jusqu'à la porte-fenêtre et contempla la pluie au-dehors.

Elle soupira. On ne sait jamais ce que le sort vous réserve, c'est bien connu!

7

MacIntyre ferma la porte à clé.

C'était probablement l'endroit le plus sûr dans toute la maison, se rassura-t-il. Il n'avait plus qu'à attendre ici jusqu'à ce que Mike soit revenu sur l'île et fasse quelque chose à propos du tigre.

Il s'assit. Dieu merci, il avait encore les négatifs dans son coffre à la banque. Il pourrait toujours faire d'autres tirages.

Il soupira. Comme les choses avaient changé depuis qu'il était gosse. Aujourd'hui, on pouvait se rendre dans le centre commercial de n'importe quelle ville d'importance moyenne et acheter tout ce qu'on voulait. En vente libre.

Mais lorsqu'il avait douze ans, les choses étaient autrement plus délicates. Il lui avait fallu avoir l'œil et l'oreille au guet et tirer ses conclusions avant de découvrir la marche à suivre.

Il était allé au kiosque à journaux situé au coin de la Douzième et de Brady, et avait acheté une demi-douzaine de revues — des *pulps*[1] comme *Adventure Stories, Sport Stories, Battle Stories*, et même *Love Stories*. Il les avait rapportés chez lui et s'était installé dans le grenier où il avait consulté les dernières pages consacrées aux

1. Magazines bon marché, au papier de très mauvaise qualité, des années trente, dont le plus célèbre (dans le domaine fantastique) est *Weird Tales* (*N.d.T.*)

petites annonces. Il avait commencé à envoyer des cartes postales et à remplir des formulaires de demande de renseignements sur des publicités comme « Vous aimeriez être un artiste et vous cherchez des modèles qui poseraient pour vous », ou bien des méthodes de culturisme, ou encore des photographies de beautés exotiques.

Naturellement, il se fichait complètement de devenir un artiste ou de développer sa musculature et il savait que les photographies des beautés exotiques ne montreraient rien de plus que leurs visages, mais il ne s'agissait pas de cela. L'important, c'est que au bout de quelque temps son nom figurerait sur certaines listes d'envoi beaucoup plus confidentielles.

MacIntyre avait été obligé de mettre au point un tas de détails. Par exemple, comment recevoir cette documentation par la poste sans que sa mère l'apprenne. Elle était le genre de personne à ouvrir votre courrier et n'avait pas le moindre respect pour la propriété privée des autres.

Mais il avait appris l'existence des boîtes postales, était allé en ville et avait découvert que leur location restait d'un prix très modique. Ainsi donc, une fois par semaine, et plus tard deux et même trois fois par semaine, il allait en ville pour prendre son courrier.

Il jeta à la poubelle la plupart de la documentation qu'il reçut au début et il ne s'abonna à aucun des cours par correspondance. Il se contenta d'envoyer patiemment d'autres cartes-réponses. Au bout de deux mois environ, il commença à recevoir des lettres disant que son nom avait été recommandé parce qu'il était un adulte avec des goûts et des divertissements d'adulte. Et peut-être serait-il intéressé par quelque chose qui était *très* adulte.

Tout d'abord, il avait été escroqué plusieurs fois. Comme cette offre de six photos, format 6 × 9. « Découvrez le tango comme on le pratique vraiment au Mexique, si vous voyez ce que nous voulons dire. Quelque chose qu'on ne montre pas aux touristes. Des poses exceptionnelles. Sous pli discret. »

« Huit dollars. »

Lorsque le paquet était arrivé, il était monté à toute allure au grenier et l'avait ouvert. Il s'agissait seulement du même couple dansant sur chaque photographie. Même leurs vêtements paraissaient démodés. Alors il avait déchiré les photographies et s'était dit qu'il fallait en passer par là.

Mais quelque temps après, il commença à recevoir ce qu'il cherchait. Il avait été stupéfait par la quantité de lettres qui arrivaient finalement. Il découvrit toutes sortes de choses dont il n'avait jamais soupçonné l'existence auparavant. Comme des clubs dont les membres s'échangeaient entre eux du linge sale. Mais ce qui mettait MacIntyre vraiment mal à l'aise, c'était le courrier qui provenait certainement des listes d'envoi des méthodes de culturisme. Il ne voulait surtout pas devenir un homosexuel ou regarder ce genre de photos. De nos jours les gens ont une attitude différente, mais à cette époque c'était abominable et MacIntyre continuait d'avoir le même sentiment à ce sujet.

MacIntyre remplit d'eau un gobelet en carton et but.

Bon sang. Peut-être n'aurait-il pas dû brûler ces photos, après tout. Mais d'un autre côté, tant qu'il était sur cette île, il ne pouvait pas emporter cette serviette en cuir avec lui partout où il allait. Les gens lui demanderaient pourquoi. Et il ne pouvait désormais en aucun cas la laisser dans sa chambre. Pas avec ce Bowler qui rôdait dans les chambres et fouinait partout.

Bowler avait-il déjà regardé dans sa serviette ? Possédait-il vraiment un trousseau de clés lui permettant d'ouvrir n'importe quelle serrure ? Ou bien Hegan l'avait-il seulement asticoté, une fois de plus ?

Ce satané Hegan. Mais au moins MacIntyre avait marqué un point sur lui et il en serait toujours ainsi.

Il avait regardé Laurie et Hegan depuis cet arbre au moins une douzaine de fois. Après les cours, il les voyait partir ensemble. Il savait où ils allaient et ce qu'ils allaient faire.

Au début il les avait simplement suivis et avait fait en

sorte qu'ils ne le voient pas. Ils disparaissaient dans la vieille grange transformée en garage. Et MacIntyre attendait dehors et regardait l'heure et les imaginait en train de faire toutes sortes de choses.

Puis, par un après-midi très chaud, il avait aperçu Hegan ouvrir une petite trappe au fond de la grange, probablement pour faire entrer un peu d'air frais. Et MacIntyre s'était rendu compte qu'en grimpant au grand arbre proche de la grange, il pourrait voir ce qui se passait vraiment à l'intérieur. Il avait été tenté de grimper là-haut séance tenante, mais il avait eu peur qu'ils ne puissent l'entendre.

Mais le lendemain il était juché sur l'arbre avant même qu'ils soient arrivés à la grange. Lorsque Hegan avait ouvert cette trappe à nouveau, MacIntyre avait eu une vue parfaite de tout ce qui se passait.

Il les avait épiés depuis l'arbre une douzaine de fois puis, un après-midi, Laurie avait levé les yeux par hasard, regardant juste dans sa direction, et ses yeux s'étaient agrandis, avec une lueur de colère. Ses lèvres avaient remué et MacIntyre avait été à même de lire : « Fiche le camp, bon sang ! »

Il avait été pris de panique en se laissant glisser au bas de l'arbre et s'était enfui à toute allure. Qu'est-ce que Hegan allait lui faire ? Le rouer de coups ? Peut-être même le tuer ?

Et puis MacIntyre avait réalisé que les lèvres de Laurie avaient juste formé les mots : « Fiche le camp, bon sang ! » mais qu'il n'y avait eu aucun son. Ses lèvres avaient juste remué pour délivrer le message.

Cela signifiait certainement qu'elle ne voulait pas que Hegan sache que MacIntyre les avait regardés. Peut-être avait-elle peur de ce que Hegan était capable de faire si jamais il l'apprenait.

Néanmoins MacIntyre n'en menait pas large. Laurie ne dirait peut-être pas à Hegan qu'il les avait épiés, mais qu'allait-elle faire, elle ? Le traiter de tous les noms ou même le frapper ?

Il avait longuement marché jusqu'à ce qu'il s'aperçoive que c'était l'heure de rentrer à la maison pour le dîner, et il ne pouvait se permettre d'être en retard. Une fois il était rentré avec une demi-heure de retard et sa mère avait déjà appelé la police pour signaler qu'on l'avait kidnappé.

Lorsqu'il était arrivé elle lui avait crié après, l'avait attrapé par le bras et l'avait tiré vers la table où elle gardait ses brochures religieuses. Elle l'avait obligé à en lire toute une pile ayant trait au respect que vous deviez à vos parents, et en particulier à votre mère.

Lorsque MacIntyre avait remonté l'allée de sa maison et était entré dans la cour, Laurie avait surgi des ombres et lui avait fait une peur bleue.

Il s'était engouffré dans le garage et caché à l'arrière de la Cadillac. Mais elle l'avait suivi et trouvé.

Il n'avait pas été prêt à ce qui s'était passé ensuite. Ou à ce qui ne s'était pas passé.

Maintenant MacIntyre avait des sueurs froides à ce souvenir et il essaya de se concentrer sur autre chose.

D'une certaine façon, être le fils d'un entrepreneur des pompes funèbres comportait quelques avantages. Beaucoup de gosses vous craignaient, surtout lorsque vous leur disiez que vous touchiez un cadavre chaque matin pour vous porter chance, et que vous ne vous laviez pas les mains ensuite. Vous pouviez leur faire écarquiller les yeux en leur racontant toutes sortes d'histoires sur ce qui se passait au sous-sol.

Et vous saviez que votre père gagnait probablement plus d'argent que n'importe qui dans le quartier. Vous étiez toujours bien habillé et aviez de l'argent de poche à loisir.

MacIntyre avait pensé qu'il serait entrepreneur des pompes funèbres, lui aussi. Comme son père, mais il s'installerait dans un quartier plus huppé et gagnerait encore plus d'argent. Il avait vraiment adoré se trouver là-bas, au sous-sol, et regarder travailler son père et Mr Edmonds, l'assistant.

Mais sa mère s'était opposée à cette idée. Elle ne voulait pas que son fils soit entrepreneur des pompes funèbres. En avoir épousé un était amplement suffisant : vous ne pouviez pas avoir de véritables amis, à l'exception des épouses d'autres entrepreneurs des pompes funèbres et elle n'en connaissait aucune.

Sa mère eut une longue conversation avec lui et lui avait dit qu'il serait médecin. Elle lui avait fait jurer sur la Bible que c'était ce qu'il voulait être.

Lorsque finalement elle l'avait laissé partir, il s'était rendu au sous-sol.

Son père avait levé les yeux. « Ta mère a fini de te dire que tu serais médecin?

— Oui, papa.

— Tu as formulé des objections? »

MacIntyre s'était éclairci la gorge. « Je pensais que ce serait bien si je devenais entrepreneur des pompes funèbres. »

Son père avait pris la canette de bière sur la dalle de marbre. « Il n'y a rien à redire au fait d'être entrepreneur des pompes funèbres. C'est une profession très saine et le travail n'est pas éreintant. Et on n'a jamais entendu parler d'un entrepreneur des pompes funèbres allant chez un psychiatre. Mais pour une fois dans toute sa chienne de vie, ta mère a peut-être raison. Un médecin gagne beaucoup plus d'argent et tu n'as pas à grimacer un sourire chaque fois que les gens te demandent quel est ton métier. »

Tous les soirs après le dîner, sa mère débarrassait la table de la salle à manger et lui faisait faire ses devoirs. Lorsqu'il n'avait pas de cours à préparer, elle le faisait réviser et réviser.

Une fois, comme il avait mal à la tête, il lui avait demandé à quoi cela servait d'étudier avec une telle application puisque la fin du monde devait se produire cette année, le vingt-huit juillet. Elle lui avait donné une claque et dit qu'elle n'aimait pas les petits impertinents.

Les études à la faculté de médecine furent longues, ardues et vraiment ennuyeuses, et MacIntyre avait songé à laisser tomber. Il en avait même parlé à sa mère un jour. Mais elle lui avait crié après et l'avait traité de monstre d'ingratitude et aussi n'avait-il plus jamais soulevé cette question.

Lorsqu'il eut terminé son internat, sa mère l'avait installé en achetant le cabinet du vieux Dr Walters. Le cabinet médical se trouvait au-dessus du drugstore au coin de la Douzième et de Brady, d'où l'on pouvait apercevoir le kiosque à journaux.

C'était seulement à deux rues de la maison et la mère de MacIntyre avait pris l'habitude de venir au cabinet tous les jours. Elle bavardait avec les patients, vérifiait sa comptabilité et elle lui fit ouvrir un compte à la banque, auquel il ne devait pas toucher jusqu'à ce qu'il ait suffisamment d'argent pour monter un cabinet en banlieue où elle viendrait avec lui. Mais elle était morte soudainement d'une attaque trois mois après qu'il eut repris le cabinet du Dr Walters.

Le père de MacIntyre aurait pu se charger de l'enterrement. Aucune loi ne s'y opposait. Mais vous n'enterrez pas les vôtres, tout simplement. Aussi avait-il confié ce soin à Costigan, lequel se trouvait sur la Trente-Septième Rue.

MacIntyre ne s'était pas attendu à ce qu'il y ait foule aux obsèques, mais il avait été surpris. Le pasteur de l'Eglise de la Rédemption était venu avec deux douzaines de ses ouailles — presque toutes des femmes, et, d'une certaine façon, elles lui avaient rappelé sa mère, avec leurs traits rigides et leur mine sévère.

Elles avaient beaucoup prié, à haute voix, et pleuré, et gémi. MacIntyre avait regardé et puis il avait été surpris de constater qu'il avait le fou rire. Cela avait été terriblement embarrassant, même si tout le monde pensa qu'il exprimait juste son chagrin en étant pris d'un rire nerveux.

Lorsque MacIntyre et son père étaient rentrés à la maison, son père avait ouvert une bouteille. « Est-ce que tu bois de l'alcool? Je ne me rappelle pas t'avoir jamais posé cette question.

— Non, papa. »

Son père s'était servi une rasade généreuse. Son

regard s'était posé sur la table basse où s'entassaient les brochures religieuses. « Tous ces trucs doivent disparaître. »

MacIntyre s'était surpris à acquiescer de la tête puis à dire : « Je crois que je vais prendre ce verre, après tout. »

Son père avait versé du whisky dans un verre et le lui avait tendu.

MacIntyre avait songé à le boire sec, puis il avait décidé qu'il valait mieux ne pas chercher à faire l'intéressant. Aussi avait-il ajouté de l'eau gazeuse. L'alcool s'était laissé boire sans problème et c'était plutôt bon, mais cinq minutes après il avait eu mal au cœur et s'était précipité dans la salle de bains. Cela avait été affreux.

Lorsqu'il était finalement revenu dans la salle à manger, son père était toujours assis là, souriant jusqu'aux oreilles.

8

Mike contemplait le brouillard au-dehors.

Il ne pouvait absolument rien faire pour le moment sinon s'asseoir ici, boire et attendre. Personne ne pourrait aller sur l'île aujourd'hui ou en partir.

Excepté Henry peut-être. Il pouvait y arriver s'il le devait. Henry était le nageur de la famille. Un jour vous saviez qu'il était incapable de faire une seule brasse et le lendemain vous appreniez qu'il participait à des marathons.

Ce devait être d'un ennui mortel. Juste nager et nager, toujours et encore. Faire les mêmes mouvements à n'en plus finir. Vous regardez vers l'endroit où vous vous dirigez, et il se trouve seulement trois ou quatre centimètres plus près.

Mike aimait que les choses aillent plus vite.

Son esprit remonta dans le temps et il songea au quartier de son enfance. C'était le genre d'endroit qui ne changeait jamais beaucoup, en fait. Vous naissiez dans ce quartier, vous trouviez du boulot dans la vallée industrielle, vous épousiez une fille habitant deux rues plus loin, vous aviez des gosses là, vous mouriez là et quelqu'un comme le père MacIntyre se chargeait de votre enterrement.

Mike avait été destiné à suivre le même chemin, et puis il avait vu ce film où l'hôtesse de l'air épouse le milliardaire.

Cela se produisait également dans la réalité, parfois. Pas souvent, mais cela arrivait. Vous l'appreniez dans les journaux. Une nana qui n'avait foutrement rien de plus que n'importe quelle autre fille, et pourtant elle décrochait le gros lot.

Mike avait commencé à y réfléchir. Faire un mariage d'argent. Ce qui est bon pour l'un l'est aussi pour l'autre.

Mais comment un type sans le sou pouvait-il faire la connaissance d'une fille pleine aux as? Sûr et certain qu'elles ne vous invitaient pas à leurs cocktails ou sur leurs yachts.

Il avait laissé cette idée cheminer dans son esprit puis il avait lu un article dans une revue, consacré à un petit collège en Floride. Le Collège Stevens était une petite institution privée : elle donnait aux gosses de riches qui n'étaient pas très futés, ou qui s'étaient fait renvoyer d'autres écoles, la chance de décrocher un parchemin sans trop se fatiguer. Ils passaient leurs matinées dans des salles de classe, à étudier la peinture ou des inepties de ce genre, et leurs après-midi au grand air à jouer au tennis ou à faire de l'équitation, et tout ça leur donnait des points.

Alors, à tout hasard, Mike écrivit au collège en disant qu'il avait un fils qui désirait s'inscrire et pouvaient-ils lui envoyer quelques renseignements supplémentaires.

Il reçut un paquet de brochures par retour de courrier, toutes remplies de photographies de jeunes gens radieux qui pratiquaient divers sports. Et Mike découvrit qu'un semestre dans ce collège coûtait plus que deux années dans une université d'Etat.

On en revenait toujours à ça. L'argent va à l'argent, impossible de faire autrement.

Où allait-il trouver suffisamment de fric pour être admis dans ce collège? Pendant au moins un semestre. C'était tout ce dont il avait besoin. S'il n'était arrivé à rien au bout d'un semestre, alors il enverrait tout promener. Mais cela valait la peine d'essayer.

S'il trouvait un boulot régulier après avoir terminé ses études au lycée, il pourrait mettre suffisamment d'argent de côté en l'espace de deux ans. Mais il n'était vraiment pas du genre économe. Et il pressentait que lorsqu'il aurait pris l'habitude de travailler huit heures par jour et de recevoir un chèque chaque semaine, il oublierait complètement son projet.

Non, il n'y avait qu'une seule façon de se procurer suffisamment d'argent et de l'avoir en poche au moment où il en avait besoin.

Il avait finalement décidé de dévaliser un établissement de prêt et de crédit. D'ordinaire il s'agissait d'endroits pas très grands et ils avaient toujours du liquide dans leurs coffres. Et c'était quelque chose qu'il pouvait faire seul. Il n'aimait pas l'idée d'être obligé de compter sur quelqu'un d'autre pour l'aider à réussir l'opération.

Il avait commencé à regarder un peu partout, prenant le bus pour se rendre dans d'autres quartiers, et finalement il avait trouvé l'endroit idéal.

Le lendemain, il n'était pas allé au lycée, avait glissé le revolver de son vieux dans sa poche et pris le bus pour se rendre dans le South Side.

Il était arrivé sur les lieux à dix heures du matin et le temps était couvert et maussade. Il avait surveillé l'établissement de crédit jusqu'à ce qu'il n'y ait plus personne à l'intérieur, à l'exception de deux employées et du directeur, ou quoi qu'il soit, et alors Mike avait traversé la rue. Il avait passé le bas en nylon sur sa tête, était entré et leur avait dit que c'était une attaque à main armée.

Tous trois avaient eu une trouille monstre et ils s'activèrent pour prendre l'argent et le fourrer dans le sac en papier qu'il avait apporté.

Lorsqu'ils furent à court d'argent, il les avait fait entrer dans une pièce à l'arrière du bâtiment et leur avait conseillé de ne pas appeler les flics avant un bon quart d'heure parce qu'il déciderait peut-être de rester dans le coin pendant ce laps de temps. Puis il avait fermé la porte à clé, ôté le bas, et était ressorti dans la rue.

Il était arrivé à l'arrêt de bus juste comme un bus

s'arrêtait. Il était allé jusqu'à une station dans le centre-ville et était monté dans un autre bus. Il n'avait pas entendu de sirènes de police et il en avait déduit que les gens là-bas avaient vraiment attendu quinze minutes, comme il le leur avait dit.

Lorsque Mike était arrivé chez lui, il était monté au grenier et avait compté l'argent. Presque sept mille dollars.

Mince alors, il avait dû les braquer au bon moment. Tout cet argent lui avait presque donné le vertige. Sept mille tickets pour quelques minutes de travail. Peut-être devrait-il oublier cette histoire de collège.

Puis il était revenu à la raison. D'accord, il s'en était tiré à bon compte cette fois et peut-être pourrait-il recommencer deux ou trois fois. Mais quelque chose pouvait toujours mal tourner et cela se produirait inévitablement. Une voiture de flics pouvait passer par hasard au mauvais moment, ou un employé pouvait déclencher une sonnerie d'alarme, ou une douzaine d'autres choses.

Non, c'était son premier braquage et ce serait le dernier. A moins que son projet ne marche pas comme prévu au collège Stevens.

Il avait été tenté de dépenser un peu de cet argent séance tenante. Peut-être juste quelques centaines de dollars. Acheter des vêtements. Peut-être une voiture d'occasion en bon état. Mais les gens qui le connaissaient commenceraient à se demander où il avait trouvé l'argent. Ils pouvaient très bien deviner sa provenance, et il voulait surtout éviter ça.

C'est pourquoi il avait caché l'argent dans les combles et s'était tenu tranquille.

Après avoir terminé ses études au lycée, Mike avait passé l'été à fainéanter, puis il avait pris un car Greyhound pour se rendre en Floride. Là-bas, il s'était promené un peu partout pour voir ce que tout le monde portait et il s'était habillé de neuf.

Mike avait appréhendé que le collège ne puisse d'une façon ou d'une autre découvrir ses origines et ne l'accepte pas, mais les gens au bureau de l'économe prirent tout juste la peine de jeter un coup d'œil à la copie de ses notes scolaires. Le chèque bancaire les intéressait beaucoup plus.

Il n'eut aucun mal à s'adapter à la vie du campus. Il s'était acheté une décapotable à paiements échelonnés et il avait fait savoir autour de lui que son père était courtier en Bourse. A cette époque il ignorait ce qu'était un courtier en Bourse, sauf que cela sonnait bien.

La première fille avec qui il était sorti s'appelait Angie Wallace, et son père était psychiatre à Birmingham. Mike savait que les psychiatres gagnaient beaucoup d'argent et pendant quelque temps il fut tenté de passer aux choses sérieuses avec Angie. Puis il avait réfléchi. Supposons qu'il épouse Angie. Et ensuite?

Une fois que le papa se serait remis du choc de ne pas avoir un richard de gendre, il s'en accommoderait probablement et ferait pour le mieux, mais le mieux pour lui signifierait probablement de veiller à ce que Mike obtienne son diplôme au collège. Peut-être même le pousserait-il à faire des études de médecine. Cela voudrait dire des années de travail ardu, et Mike n'était pas du tout venu ici dans cette intention.

Ensuite il y avait eu Sherry, qui disait que son père était peintre et vivait en Californie. Mike n'avait jamais entendu parler de lui auparavant, mais Sherry affirmait qu'il touchait des milliers de dollars pour chacun de ses tableaux.

Sherry lui dit également que son père était septuagénaire et que sa santé était des plus précaires. Cela avait intéressé Mike, songeant que le papa avait sans doute amassé quelques billets en son temps, mais ensuite il apprit qu'il avait également été marié quatre fois et qu'il avait neuf enfants et une demi-douzaine de petits-enfants.

Imaginez un peu les embrouilles que cela ferait lorsqu'il mourrait — une tripotée d'ex-femmes et gosses, tous se démenant pour avoir leur part du magot. Pas question!

Il y avait eu d'autres filles, et puis Myra.

Ce n'était pas qu'elle fût laide.

Non pas qu'elle soit exactement le fond du panier, mais elle était le genre de fille que vous ne remarquez absolument pas jusqu'à ce que vous lui marchiez sur les pieds. Elle restait dans son coin et ne disait rien, était timide et solitaire. Autant que Mike puisse en juger, elle n'avait pas de petit ami, même pas d'amies.

Mike l'avait emmenée dans une taverne à proximité du campus et ils avaient bu quelques bières et elle s'était mise à parler. Cela se passe toujours ainsi avec les personnes réservées. Une fois qu'elles ont trouvé quelqu'un qui veut bien leur prêter une oreille attentive, elles se mettent à parler et elles vous racontent tout ce qu'il y a à savoir à leur sujet.

Le père de Myra était Fergusson des Constructions Fergusson. Et les Constructions Fergusson, d'après Myra, étaient l'une des plus grosses entreprises de ce genre aux Etats-Unis. Son père passait toutes sortes de contrats avec le gouvernement fédéral et les Etats, et sa société construisait des ponts et des routes dans le monde entier.

Myra était fille unique et sa mère était morte quelques années auparavant. Son père s'était efforcé de lui rendre la vie aussi agréable que possible, mais pour quelque raison elle n'avait jamais eu beaucoup d'amis et à dire vrai ses résultats scolaires n'étaient pas brillants et c'était pour cette raison qu'il l'avait envoyée ici.

Son père, dit Myra, n'était pas vraiment un ingénieur. Du moins il n'avait pas de diplômes pour le prouver. Il avait quitté le lycée pour commencer à travailler, et il était intelligent. Il avait débuté comme terrassier, mais un travail acharné avait fait de lui ce qu'il était aujourd'hui.

Mike avait écouté et pensé, nom d'un chien, ça y est.

Il avait fait boire à Myra trois canettes de bière et cela avait été suffisant pour qu'elle soit éméchée. Ensuite il l'avait emmenée à la plage admirer le clair de lune, avait trouvé un endroit sous les palmiers et s'était garé là.

Après cette nuit-là, Myra fut presque tout le temps pendue à ses basques, mais Mike prit son mal en patience et garda un œil sur le calendrier.

Et bien sûr, elle vint finalement le trouver, l'air apeurée — se demandant comment il allait prendre ça — et lui dit qu'elle pensait être enceinte et est-ce qu'elle devait se faire avorter?

Mike avait dit non et qu'il n'était certainement pas le genre d'homme à abandonner une fille qui attendait un enfant. En outre, il allait lui demander de l'épouser, de toute façon, et le mariage aurait simplement lieu plus tôt. Mince alors, il n'avait encore jamais vu quelqu'un aussi content de toute sa vie.

Mike lui dit que ce serait peut-être une bonne idée s'ils se mariaient d'abord et ensuite faisaient la surprise à son père.

Myra avait dix-neuf ans et c'était assez vieux pour qu'une femme se marie sans une autorisation des parents, mais Mike n'était pas très sûr en ce qui concernait les hommes. Il n'avait que dix-huit ans et il se dit que cela poserait peut-être des problèmes, aussi déclara-t-il au juge de paix qu'il avait vingt-deux ans.

Le juge s'en fichait sans doute complètement, parce qu'il ne demanda même pas à voir leurs permis de conduire.

Après la cérémonie, ils prirent un avion et s'envolèrent vers le nord afin d'annoncer la nouvelle au père de Myra.

Le papa avait une baraque immense en pleine campagne — exactement comme on en voit dans les films. Une propriété à perte de vue avec un tas de fleurs et d'hectares de forêt, et de domestiques. Il avait passé la cinquantaine, était de taille moyenne mais bien charpenté. Je lui ressemblerai probablement lorsque j'aurai son âge, avait pensé Mike la première fois qu'il le vit.

Myra était allée droit au but et en une seule phrase annonça à son père qu'elle était mariée et enceinte.

Le papa n'avait pas paru surpris. Il s'était contenté d'ôter son cigare de sa bouche, les avait considérés tous les deux et avait dit : « Myra, j'aimerais parler à ton mari seul à seul quelques minutes. »

Une fois que Myra eut quitté la pièce, le papa avait

pris place dans un fauteuil. « Bon, et si vous me parliez de votre famille? »

Mike s'était éclairci la gorge. « Mon père est courtier en Bourse. »

Le papa avait gloussé. « Jamais de la vie! Il travaille dans une tannerie. C'est un ouvrier. »

Mike avait été pris au dépourvu. Comment diable savait-il cela?

Le papa avait été très content de sa petite personne. « Myra m'a écrit à votre sujet pratiquement dès le premier soir où elle vous a rencontré, je suppose. Elle ne m'a pas dit tout ce qui s'était passé, mais je n'ai pas eu besoin de lire entre les lignes pour comprendre qu'elle était folle de vous. J'ai voulu en savoir un peu plus. C'est pourquoi j'ai engagé des détectives privés. »

Il avait considéré Mike à nouveau. « Au moins vous avez l'air plutôt intelligent. Qu'est-ce que vous faites dans un collège pour demeurés comme Stevens? »

Qu'est-ce que le papa savait au juste? s'était demandé Mike. Il tenta une autre approche : « En fait toute cette histoire a été une méprise. Je n'avais jamais entendu parler de Stevens auparavant, mais mon père a lu un article consacré à ce collège et il a voulu me donner une chance. Maintenant que je sais quelle sorte d'endroit c'est en réalité, je vais laisser tomber à la fin de ce semestre pour m'inscrire à l'université, chez moi. Je vais suivre des cours de génie civil. »

Le papa n'avait pas été impressionné. « Ainsi vous voulez devenir ingénieur? Vous voulez passer quatre ou cinq ans de votre vie dans une usine à diplômes uniquement pour obtenir un morceau de papier disant que vous êtes ingénieur? Et après?

— Je trouverai du travail, monsieur. »

Le papa avait eu un reniflement méprisant. « J'engage des ingénieurs à la douzaine. Les ingénieurs n'ont rien d'exceptionnel. Bon sang, mon garçon, je m'attendais à ce que Myra se marie un jour ou l'autre et peut-être que le plus tôt serait le mieux. Mais elle n'était pas obligée de faire un mariage d'argent et je me fiche complètement de la famille de mon gendre. Alors détendez-vous, mon garçon, je n'ai pas l'intention de vous chasser d'ici à coups de pied. »

Le papa lui avait offert un cigare. « Vous feriez aussi bien de ne plus songer à gaspiller tout ce temps dans quelque foutue école. Vous allez travailler avec moi. Je ne vous fais pas commencer au bas de l'échelle, mais je ne vous nommerai pas vice-président non plus. »

C'était à peu près ce que Mike avait espéré entendre, mais il s'était dit que ce serait peut-être une bonne idée s'il se faisait un peu tirer l'oreille. « Monsieur, j'ignore tout du travail d'un ingénieur. »

Le papa avait trouvé cette remarque très drôle. « Ce que vous avez besoin de savoir vous l'apprendrez en me regardant et en m'écoutant. Mon entreprise n'est pas un ramassis de foutus ingénieurs. C'est une affaire, et je pourrais tout autant fabriquer des lunettes de W.-C. Ce que vous avez vraiment besoin de savoir c'est comment manier les gens et ce ne seront pas des ingénieurs, il s'en faut de beaucoup. Le gouvernement, fédéral, mais aussi au niveau des municipalités et des comtés, sera votre client et cela veut dire que vous devez apprendre la manière de contenter les gens qui détiennent les rênes du pouvoir. Et ce n'est pas une simple question de pots-de-vin. Il y a beaucoup plus d'hommes intègres dans ce pays que la plupart des gens ne le pensent. Vous devez apprendre à les plier à votre volonté et à les amener à croire que c'était leur idée depuis le commencement. »

Le papa ôta son cigare de sa bouche. « Une dernière chose. Myra est quelque peu naïve, ou ne l'aviez-vous pas remarqué? C'est cela, ou bien elle ne sait pas s'adapter à ce monde. Alors prenez bien soin d'elle. »

Le lendemain matin, Mike et papa étaient allés faire une partie de golf. Mike n'y avait joué qu'une seule fois et en plus sur un terrain municipal. Il avait loué ses clubs — un driver, trois fers et un putter — et il avait dû attendre deux heures avant de pouvoir aller sur le terrain. C'est pourquoi, à la fin des dix-huit trous, il s'était dit, au diable le golf!

Mais papa n'allait pas sur les terrains de golf municipaux et il donna à Mike un sac contenant quatorze clubs. Et au country-club ils n'eurent pas à attendre quelqu'un ou quoi que ce soit. Le temps qu'ils aient terminé le parcours, papa l'appelait Mike et non plus « mon garçon ».

Papa leur offrit un voyage de noces aux Caraïbes et lorsqu'ils revinrent, il avait installé Mike dans un bureau juste à côté du sien. Non pas que Mike y fût très souvent. La plupart du temps, il était dans le bureau de papa à écouter et à boire du scotch. Ou bien tous deux étaient partis en voyage quelque part pour placer les Constructions Fergusson et cela voulait dire régaler les clients et les inviter à un tas de parties de chasse et de pêche. Mike ne raffolait pas de la pêche, mais il devint un passionné de la chasse. Il commença à collectionner des trophées.

Mike avait été soucieux lorsque Henry était né. Papa n'allait-il pas devenir gâteux à propos du gosse comme cela arrivait à certains grands-pères ? Et Mike allait-il faire figure d'intrus maintenant que papa avait un petit-fils avec de l'authentique sang Fergusson coulant dans ses veines ?

Lorsque l'hôpital avait appelé et annoncé que c'était un garçon, Mike et papa étaient allés là-bas ensemble. Ils se tenaient devant la paroi vitrée de la nursery lorsqu'une infirmière avait pris Henry dans ses bras pour le leur montrer. Henry pesait un peu plus de cinq livres et il ne faisait pas grosse impression lorsque vous le regardiez. Vous aviez plutôt le sentiment que ce gosse ne ferait jamais grand-chose.

Papa avait eu ce sentiment, lui aussi. « Ma foi, avait-il dit, je suppose qu'il tient du côté de sa grand-mère maternelle. Elle mesurait tout juste un mètre soixante. » Puis son visage s'était épanoui. « Il faudra que le prochain soit plus grand. »

Mais il n'y aurait pas d'autre enfant, avait déjà décidé Mike. Il n'y en aurait même pas eu un premier s'il n'avait pas estimé que c'était nécessaire.

Ils étaient allés voir Myra dans sa chambre, où ils

étaient restés un quart d'heure, puis ils étaient repartis pour faire un parcours de golf avec des présidents de conseil d'administration municipal.

L'esprit de Mike revint au présent.

Il but une gorgée de son verre et contempla à nouveau la pluie et le brouillard au-dehors.

Il se demanda si les tigres aimaient ce genre de temps.

9

Eve éteignit la veilleuse et s'allongea sur le lit. Elle tendit la main dans l'obscurité pour toucher le sac à tricot sur la table de nuit — afin de s'assurer qu'il était bien là et à portée de sa main.

Elle ferma les yeux.

Cela semblait tellement lointain. La façon dont sa mère lui avait lancé un regard furieux. « Tu penses que tu vaux mieux que tous les autres. C'est dans tes yeux. La manière dont tu regardes les gens. Dont tu me regardes. Comme si nous n'avions aucune importance. Tu tiens cela de ton père. »

Eve l'avait regardée fixement. « Mais tu ne sais pas qui est mon père. »

Le visage de sa mère était devenu encore plus rouge. « Je t'ai dit que j'ignorais son nom, mais je me souviens très bien de quoi il avait l'air. Il était laid et stupide et ivre-mort. »

Et tu as été avec lui une seule nuit, avait pensé Eve. Tu n'aurais même pas dû me dire cela, mais tu voulais me faire souffrir.

Non, songea Eve, en réalité maman ne se rappelait pas qui mon père avait été. Pas seulement son nom, mais même à quoi il ressemblait. Elle était incapable de s'en souvenir parce qu'elle avait probablement été ivre, comme elle l'était tous les soirs.

Comment cela s'était-il passé?

Oui, il avait probablement été en train de boire. Maman avait certainement raison sur ce point. Mais il n'était pas ivre comme ces camionneurs, ou les terrassiers, ou les ouvriers du chantier de construction. Il buvait, tout simplement. Et il avait porté un costume, un pardessus et un chapeau. Pas un blouson et un bonnet de laine.

Quelque chose devait aller de travers dans sa vie, autrement il n'aurait jamais bu de la sorte et il ne serait jamais entré dans ce bar avec la rangée de chambres de motel derrière le bâtiment. C'était certainement là que cela s'était passé. Dans un motel.

Il était en train de boire. Etait-ce parce qu'il avait des ennuis à son travail ? Non, ce ne pouvait être pour cette raison. Il savait certainement comment régler ce genre de problèmes. Non, il s'était sans doute agi d'un problème personnel.

Il avait dû avoir dans les trente-cinq ans. Un cadre, probablement marié. Mais le couple n'avait pas d'enfants. Pas un seul. Jamais. Et c'était vraisemblablement sa femme qui l'avait amené à boire ce soir-là.

Sa femme ne s'était pas adaptée à son monde. Il l'avait épousée alors qu'il était encore très jeune. Cela avait été une erreur.

Papa avait de l'argent, bien sûr. Et il était beau et intelligent. Mais plus que cela, il avait une ascendance remontant à des centaines d'années. Des hommes d'Etat, des sénateurs et des généraux.

Papa et sa femme avaient eu des disputes. Dès le commencement, et ensuite de plus en plus souvent. Il avait essayé de sauver leur mariage. Oui, bien sûr qu'il l'avait fait, parce que c'était un gentleman. Mais finalement il avait compris que c'était sans issue et il avait demandé à sa femme de divorcer.

Mais jamais elle n'aurait accepté de divorcer. Du moins pas sans lui faire un tas d'ennuis et causer du scandale. Elle savait lorsqu'elle tenait un bon filon et elle n'y renoncerait pas aussi facilement. Et elle avait l'intention de le faire souffrir parce qu'elle le voyait sous son vrai visage.

Oui, il avait bu après sa dernière dispute avec sa femme. Il était monté dans l'une de ses grosses voitures et il était parti. Il avait roulé et roulé, sans savoir où il allait. Et finalement il s'était arrêté devant ce bar parce qu'il avait envie d'un autre verre.

La mère d'Eve était-elle serveuse dans ce bar? Ou bien avait-elle été seulement assise là sur un tabouret? Attendant quelqu'un? N'importe qui?

Il avait dû arriver tard dans la soirée. Et maman avait probablement déjà beaucoup bu.

Oui, cela s'était certainement passé ainsi. Elle était déjà éméchée avant même d'engager la conversation avec lui. Autrement elle se serait souvenue de lui. Jamais elle ne l'aurait oublié si elle n'avait pas trop bu.

Elle s'était coulée auprès de lui et avait commencé à lui parler. Il avait été très fatigué et ne pensait à rien, et après quelques autres verres, il avait juste haussé les épaules et pensé, pourquoi pas, et ils étaient allés dans l'une des chambres du motel derrière le bâtiment.

Il s'était réveillé à trois heures du matin. Le clair de lune avait filtré par la petite fenêtre. Il avait regardé la mère d'Eve qui dormait. Et qui ronflait. Oui, sa mère ronflait. Et il ne s'était vraiment pas rappelé s'il s'était passé quoi que ce soit, ou s'il était simplement tombé dans le cirage.

Et toute cette histoire lui avait donné la nausée et il s'était rhabillé sans faire de bruit. Il avait posé un billet de vingt dollars sur la coiffeuse et il avait laissé maman toujours endormie, était sorti et était monté dans sa voiture.

Eve soupira.

Combien de fois maman avait-elle été mariée? Le savait-elle elle-même? Et avec combien d'hommes avait-elle vécu maritalement?

Le premier dont Eve se souvenait avait été un rouquin, il buvait comme un trou et avait finalement mis les voiles alors que Eve avait cinq ou six ans.

Il y en avait eu d'autres. De certains elle n'avait gardé qu'un vague souvenir. Et Eve avait appris à ne pas s'approcher d'eux. Surtout lorsqu'ils avaient bu et apparemment c'était toujours le cas.

Finalement sa mère avait épousé Eddie. Elle l'avait vraiment épousé. Eve avait alors dix ans. Comment sa mère avait-elle fait la connaissance d'Eddie ou pourquoi l'avait-il épousée, Eve ne l'avait jamais très bien compris. Mais sa mère avait eu de la chance pour une fois.

Eddie ne buvait pas et ne courait pas les filles et il avait un boulot stable, bien payé, à l'entreprise de construction. Et il s'efforçait d'être gentil avec Eve. Pas du tout comme les autres. Il avait essayé de se comporter avec elle comme si elle était sa propre fille, mais il était trop tard désormais. Elle ne voulait pas qu'on la touche et Eddie ne la toucha pas.

Mais il avait été fier d'elle. Vraiment fier. Il examinait son carnet de notes et disait : « Nom d'un chien, regardez-moi tous ces A[1] ! Et elle n'a pas manqué un seul jour d'école ce semestre. »

Il montrait le carnet de notes à la mère d'Eve, mais maman s'en fichait complètement.

Eve avait douze ans lorsque sa mère était morte. La journée avait été froide et venteuse et les marches de l'entrée de derrière étaient verglacées. Eve regardait par la fenêtre de la cuisine et elle avait vu ce qui s'était passé. Sa mère était rentrée à la maison, venant de la taverne. Elle avait glissé et sa tête avait porté sur les marches en ciment.

Eve s'était occupée des démarches pour l'enterrement parce que Eddie ne savait pas comment traiter ce genre de situation.

En fait, cela n'avait pas été un grand enterrement. Juste quelques personnes du côté de la famille d'Eddie. Personne n'avait su qui prévenir au sujet de sa mère.

Par la suite, c'était Eve qui préparait les repas et faisait le ménage. Eddie avait envisagé de demander à une femme du quartier de venir lui donner un coup de

1. Note dans l'enseignement aux Etats-Unis : excellent, 20 sur 20 ; B : bon ; C : suffisant, correspondant à la moyenne ; etc. (*N.d.T.*)

main, mais Eve avait dit que non, qu'elle pouvait s'en charger toute seule.

Le pique-nique de l'entreprise.

Cela s'était passé six mois plus tard.

Elle avait accompagné Eddie, mais sans enthousiasme, parce qu'on l'y avait déjà emmenée l'année précédente et qu'elle savait à quoi s'attendre.

Tout serait gratuit — les hot-dogs, les hamburgers, les glaces, les sucres d'orge, la bière. Tout était gratuit, mais la plupart des gens se comportaient comme s'ils avaient peur qu'il ne reste plus rien avant qu'ils aient eu leur part. C'est pourquoi ils mangeaient et buvaient et se gavaient, et au commencement de l'après-midi ils auraient mal au cœur et les toilettes du terrain du pique-nique seraient dans un état effroyable. A cinq heures, lorsque les stands seraient fermés et que tout serait terminé, du moins officiellement, les gosses auraient pris des coups de soleil et seraient surexcités et leurs mères se mettraient à crier et à jurer.

Eddie et elle étaient arrivés sur les lieux du pique-nique à dix heures du matin et Eddie avait rejoint des collègues de travail devant une baraque de jeu d'adresse.

Eve avait décidé qu'elle avait envie de boire un jus de fruit. Elle avait demandé une bouteille de jus d'orange et certains des garçons du stand avaient essayé d'engager la conversation avec elle, mais elle s'était éloignée jusqu'à ce qu'elle trouve un endroit tranquille dans un coin du parc, et elle s'était assise sous un arbre pour attendre cinq heures.

De là, elle avait observé les gens se presser devant les stands, regardé les parties de base-ball un peu plus loin, les courses à pied, et d'autres jeux, mais cela ne l'avait pas vraiment intéressée.

La plupart du temps elle avait regardé les voitures arriver et repartir du pré qui servait de parking. Les plus grosses appartenaient aux cadres de l'entreprise, aux ingénieurs et aux chefs de service, lesquels ne restaient qu'une heure environ. Ils prenaient deux ou trois bières, donnaient des poignées de main, puis ils s'en allaient.

D'habitude leurs épouses ne les accompagnaient pas. Ni leurs enfants.

A deux heures de l'après-midi, la voiture de Mike était arrivée et Laurie était avec lui. Eve savait qui ils étaient parce qu'elle les avait vus au pique-nique, l'année précédente, mais elle ne leur avait pas parlé et elle n'avait toujours pas particulièrement envie de le faire.

Eve avait observé Mike descendre de la voiture et elle se rendit compte, à en juger par la façon prudente dont il se déplaçait, qu'il avait certainement bu quelques verres avant de venir. Laurie et lui avaient commencé à aller et venir parmi l'assistance, demandant probablement aux gens s'ils trouvaient le pique-nique réussi et comment allaient la femme et les enfants.

Eve avait vu Mike boire deux chopes de bière puis elle avait remarqué qu'il était brusquement devenu silencieux et qu'il ne souriait plus. Il se contentait de hocher la tête lorsque des gens lui parlaient et il regardait continuellement au-delà de leurs épaules comme s'il cherchait quelque chose.

Il s'était petit à petit éloigné de la foule pour se diriger vers la lisière du terrain du pique-nique.

Eve avait compris ce qu'il avait. La bière ne passait pas très bien avec ce qu'il avait bu auparavant.

Mais le directeur d'une entreprise ne pouvait pas se permettre de vomir devant ses employés. Aussi s'était-il éclipsé et cherchait-il maintenant un endroit discret parmi les arbres et les buissons où il pourrait rendre tout à loisir.

Cela n'avait pas été trop moche. Il rendit juste de la bière et peut-être du whisky, probablement parce qu'il n'avait encore rien mangé de la journée.

Lorsque ce fut terminé, il s'était essuyé les yeux et la bouche et avait dit : « Ouf ! » puis : « Bon sang ! » Ensuite il avait relevé la tête et aperçu Eve.

Il était devenu tout rouge et s'était empressé de dire : « La grippe. Je crois bien que j'ai attrapé la grippe. Mon docteur m'avait dit de ne rien boire, mais je pensais qu'une petite bière de rien du tout serait inoffensive. Je me suis trompé, apparemment. »

Eve avait poliment acquiescé de la tête et n'avait rien dit.

Il était resté là, embarrassé, ne sachant pas quoi ajouter, et puis finalement : « Tu sais qui je suis? »

Elle avait hoché la tête à nouveau.

Eve avait eu l'impression qu'elle pouvait quasiment lire dans ses pensées. Il se demandait si ce serait commettre un impair que de lui donner deux ou trois dollars pour oublier cet incident. Ou bien est-ce que cela ne ferait qu'empirer les choses?

C'est pourquoi Eve avait dit : « Je ne dirai rien à personne. Cela ne servirait à rien d'en parler à quelqu'un. »

Il s'était tenu immobile, la dévisageant, et fronçant les sourcils, et réfléchissant. « Quel âge as-tu?

— Treize ans.

— Ton père travaille pour les Constructions Fergusson?

— Mon père est mort. Mais mon beau-père travaille dans l'entreprise. Il est camionneur.

— Comment s'appelle-t-il?

— Eddie Demster. »

Mike avait continué de la regarder fixement, mais cela n'avait pas inquiété Eve. Si jamais il tentait quelque chose, il lui suffirait de crier et il y avait un tas de gens à proximité. Mais en même temps, elle savait qu'il ne se passerait rien. Il voulait seulement la regarder et tenter de découvrir pour quelle raison elle éveillait tant son intérêt.

Finalement il avait dit : « Il y a beaucoup de cas de grippe en ce moment.

— Oui », avait répondu Eve.

Mike était reparti vers les stands, regardant par-dessus son épaule à deux reprises avant d'arriver là-bas.

A trois heures et demie, elle l'avait vu s'approcher de Laurie et lui montrer sa montre-bracelet. Il avait probablement dit — à voix haute pour que toutes les personnes se trouvant à proximité entendent — qu'il était ravi de voir qu'elle passait un bon moment, mais qu'ils avaient promis d'aller chez quelqu'un, et qu'ils étaient déjà en retard, et que donc ils feraient mieux de partir.

Alors que Mike se dirigeait vers sa voiture, il avait regardé à nouveau vers les arbres, vers l'endroit où Eve était toujours assise.

Deux semaines plus tard, Eddie avait eu de l'avancement et était passé contremaître. Il n'avait pas convoité ce poste, mais cela représentait une augmentation de salaire et c'est pourquoi il avait senti qu'il ne lui était pas possible de refuser. « Tout à fait inattendu, avait-il dit. Le patron en personne est arrivé et m'a annoncé la nouvelle. J'étais persuadé qu'il ne savait même pas que j'existais. Mais il a dit que j'étais bien noté dans mon travail et qu'il était grand-temps que j'aie de l'avancement. Il m'a même emmené boire deux bières. »

Eddie avait hoché la tête, tout content. « Nous avons parlé de toutes sortes de choses. Je lui ai dit que tu travaillais très bien à l'école. »

A l'approche de Thanksgiving[1], tous les employés des Constructions Fergusson — mais probablement pas les cadres et les directeurs commerciaux, bien sûr — reçurent une dinde gratuitement.

Eddie eut la sienne mais, la veille de Thanksgiving, la sonnette de l'entrée retentit et Eddie était allé ouvrir.

Eve faisait ses devoirs sur la table de la salle à manger et elle avait redressé la tête en reconnaissant la voix de Mike.

Il se tenait sur le seuil, un gros sac d'épicerie dans les bras. « Eddie, j'ai appris qu'il y avait eu un genre de malentendu et que vous n'aviez pas eu votre dinde cette année. Nous ne pouvons tolérer que l'un de nos meilleurs éléments pense que nous l'avons oublié. »

Eddie s'était gratté la tête. « Mais j'ai eu ma dinde, Mr. Hegan. Il n'y a eu aucun malentendu. »

Mike s'était frotté le menton puis avait souri. « Ma

1. Fête observée chaque année le quatrième jeudi de novembre. Traditionnellement, la dinde est le plat de résistance d'un repas de *Thanksgiving Day* (*N.d.T.*)

foi, je pense que vous feriez aussi bien de prendre celle-là également. Je ne sais pas quoi en faire. Disons que c'est une prime. »

Eddie l'avait invité à entrer, bien sûr, et avait dit : « Que diriez-vous d'un verre ? J'ai mis de la bière au frigo. »

Eddie était allé chercher la bière et pendant qu'il était dans la cuisine, Mike l'avait regardée puis avait froncé les sourcils comme s'il essayait de se souvenir. « Ton visage me semble familier. »

Eve avait dit : « Vous m'avez vue au pique-nique. »

Il avait acquiescé de la tête comme si cela lui revenait brusquement. « J'étais grippé. » Il avait jeté un regard vers la cuisine. « Je suppose que tu as raconté à ton beau-père ce qui s'était passé ?

— Non. Je ne lui ai rien dit. Et je n'en ai parlé à personne. »

Eddie était revenu avec deux canettes de bière et Mike et lui avaient parlé de base-ball et ce genre de choses.

Eve avait continué de faire ses devoirs. Presque à chaque fois qu'elle levait les yeux, elle avait constaté que Mike la regardait.

Deux semaines plus tard, il y avait eu un accident à la carrière de gravier. Il avait plu et la route était verglacée. L'un des gros camions avait dérapé, le chauffeur avait perdu le contrôle de son véhicule, et le camion avait coincé Eddie contre un mur et lui avait écrasé la poitrine.

L'enterrement avait été très simple. Juste les quelques parents dont Eve avait entendu parler, des amis du quartier et des gens qui travaillaient avec lui vinrent aux obsèques. Mike assistait à la cérémonie.

Il l'avait raccompagnée et déposée devant chez elle. « Je suppose que maintenant tu vas vivre chez des parents ?

— Je n'ai pas de famille.

— Mais tu ne peux pas vivre ici seule.

— Non. Je ne pense pas qu'on m'y autorisera parce que je suis mineure.

— Alors que vas-tu devenir?

— Je ne sais pas encore. Hier, une assistante sociale est venue ici et elle a dit que je ne devais pas m'inquiéter, qu'on trouverait bien une solution. »

Mike s'était frotté la nuque. « Bon sang, ils ne vont tout de même pas t'envoyer dans un orphelinat. Laisse-moi réfléchir à la question, je vais voir ce que je peux faire. »

Il était revenu le lendemain. « J'en ai parlé avec Laurie. C'est ma femme. Nous sommes disposés à t'adopter. Qu'en penses-tu? Nous n'avons qu'un seul enfant et il y a amplement de la place à la maison. Et Laurie serait ravie de t'avoir auprès d'elle. »

Cette proposition de l'adopter avait surpris Eve. Oui, elle avait été extrêmement surprise. Mais elle y avait réfléchi un petit moment puis elle avait dit oui.

Eve et Laurie s'étaient entendues sans le moindre problème. Elles ne furent jamais intimes, mais pas de problèmes.

Eve avait été une élève assidue et lorsqu'elle reçut son diplôme de fin d'études au lycée, avec mention très bien, elle aurait pu aller dans un prestigieux collège privé dans l'Est, mais elle savait ce qu'elle voulait et elle ne le trouverait pas là-bas. Au lieu de cela, elle s'était inscrite à l'université d'Etat. En fait, c'était l'une des meilleures du pays, et l'on y enseignait les choses qu'elle avait l'intention d'apprendre.

Tellement d'étudiants allant dans une grande université sont terrifiés à l'idée de se retrouver au milieu de milliers d'inconnus. De temps en temps ils ont l'occasion d'apercevoir un visage qu'ils ont connu au lycée, mais pas très souvent. Ils éprouvent un manque d'assurance, se sentent perdus et très seuls. Eve avait vu des filles s'effondrer brusquement et se mettre à pleurer à cause de cela.

Mais la solitude n'avait jamais été un problème pour Eve. Cela lui avait plu d'être anonyme, presque un numéro. Du moins ce fut ce qu'elle préféra pendant qu'elle était à l'université et étudiait.

Le règlement stipulait que les étudiantes de première année devaient loger dans un bâtiment sur le campus. Eve avait découvert que la plupart des filles préféraient partager une chambre avec au moins une co-locataire, aussi n'avait-elle eu aucune difficulté à obtenir une chambre pour une seule personne.

Pourtant, même ainsi, il lui avait été impossible d'avoir la paix. On aurait dit que la plupart des filles décidaient à un moment ou à un autre de voir l'effet que cela faisait de se soûler et de vomir, et quelqu'un était sans cesse occupé à nettoyer les toilettes après le passage d'une autre fille. La plupart du temps on pouvait trouver une petite fête — alcool ou marijuana — au fond du couloir, et souvent dans le couloir lui-même.

Eve avait supporté cette situation pendant trois semaines puis elle avait dit à Mike qu'elle n'en pouvait plus. Le boucan. Alors il lui avait trouvé un petit appartement situé en dehors du campus et lui avait offert une voiture afin de se déplacer plus commodément.

Pour l'université, elle logeait toujours au foyer des étudiantes. Chaque semaine elle y faisait un saut deux ou trois fois voir si sa chambre était toujours en un seul morceau, prendre son courrier s'il y en avait, et se faire voir par les autres.

Elle avait constaté que le foyer était toujours aussi bruyant et elle s'était demandé comme on pouvait étudier dans ces conditions. Il était probable que la plupart des étudiantes avaient d'autres préoccupations, ou du moins que leurs études ne venaient pas en priorité.

Mike était souvent venu, mais ses visites avaient été de courte durée. Il avait toujours paru mal à l'aise lorsqu'il se trouvait seul avec elle. Ils échangeaient des propos anodins et il s'en allait. Il voulait juste la voir et s'assurer qu'elle était toujours là.

Le fait qu'elle vive seule l'avait préoccupé. « Tu travailles beaucoup ici ?

— Oui. La plupart du temps, en fait.

— Parfait. Dis-moi, c'est bien pour cette raison que tu voulais cet appartement ? Afin de pouvoir étudier.

— Oui, Mike. »

Elle croyait savoir ce qu'il pensait en réalité. Il se demandait si elle avait l'intention d'utiliser l'appartement pour autre chose.

Il avait fait semblant d'examiner le mobilier. « Je suppose que tu sors beaucoup. Il y a toutes sortes d'activités à l'université.

— Non, pas de sorties pour moi. Je travaille, c'est tout. »

Il avait eu envie d'y croire. « Ma foi, c'est pour cette raison que tu t'es inscrite à l'université.

— Oui, Mike. » Elle l'avait toujours appelé Mike. Même au tout début. Elle voyait bien qu'il n'avait jamais désiré qu'elle l'appelle papa. Ou père.

Mike avait soupiré. « Allons, des garçons t'ont certainement invitée à dîner ou au cinéma, une fille comme toi, tu ne crois pas?

— Oui. Mais j'étais trop occupée. »

Un soir, deux semaines plus tard, elle avait remarqué pour la première fois la Chevrolet verte au garde-boue cabossé.

Elle avait jugé nécessaire de retourner à la bibliothèque du campus pour compulser quelques livres. Elle avait travaillé jusqu'aux environs de dix heures puis était revenue sur le parking où elle avait garé sa voiture.

Elle était passée près de la Chevrolet et elle avait eu le sentiment de l'avoir déjà vue quelque part. Un homme d'un certain âge était assis derrière le volant et il semblait absorbé par la lecture d'une revue, malgré l'éclairage insuffisant.

Puis elle s'était rappelé où elle avait vu la voiture auparavant. Sur le parking derrière son immeuble. Sa voiture occupait l'emplacement N° 25 et la Chevrolet avait été garée juste à côté lorsqu'elle était partie pour l'université chaque matin. Durant toute la semaine passée.

Tandis qu'elle sortait du parking, Eve avait gardé un œil sur le rétroviseur. Oui, les phares de la Chevrolet s'étaient brusquement allumés et l'homme l'avait suivie.

Eve n'avait pas du tout été inquiète. En fait, elle ressentait surtout de la curiosité.

Une fois arrivée à son immeuble et après s'être garée, elle était entrée et avait attendu près de la porte de derrière.

Quelques instants plus tard, elle avait aperçu des phares et la Chevrolet s'était dirigée vers l'emplacement de parking N° 26. L'homme d'un certain âge était descendu et avait verrouillé les portières de sa voiture.

Eve avait regagné son appartement et attendu, postée derrière l'œilleton. Elle l'avait entendu monter l'escalier de derrière en soufflant. Il était passé devant sa porte, en lui jetant un bref regard, puis était entré dans l'appartement 26 situé en face du sien.

Qu'est-ce que je fais? s'était-elle demandé. Devait-elle prévenir la police? Y avait-il une loi interdisant à une personne d'en suivre une autre? Même si c'était le cas, le vieil homme nierait vraisemblablement avoir jamais fait quelque chose de ce genre. Et cela pouvait entraîner des complications. La police informerait certainement l'université qu'elle habitait un appartement en dehors du campus et elle risquait de se faire renvoyer pour ce motif.

Non, avait-elle décidé, elle n'en parlerait à personne. Et en outre, elle ne se sentait pas vraiment menacée. Ce n'était qu'un vieillard frêle et elle était certaine d'être en mesure de le maîtriser, le cas échéant.

Le lendemain matin, elle avait examiné les boîtes aux lettres dans le hall de l'immeuble. Apparemment, le nom du vieil homme était J.L. Worley.

Une fois arrivée à l'université, elle était allée au secrétariat de la bibliothèque et avait consulté l'annuaire de la ville. Et elle avait trouvé : *Worley, John L. 183 E. Hardy St. détective privé à l'agence Marotti*. L'adresse n'était pas celle de son immeuble.

C'était donc cela? John L. Worley travaillait pour une agence de détectives privés et sa dernière enquête avait été suffisamment importante pour qu'il emménage dans l'appartement 26 de son immeuble? Et manifestement dans l'intention de la surveiller vingt-quatre heures sur vingt-quatre.

Restait-il planté là, regardant par l'œilleton de sa propre porte et attendant qu'elle sorte de son appartement ? Cela paraissait peu vraisemblable. Il devait avoir une sorte de dispositif le prévenant chaque fois que Eve sortait de son appartement.

En rentrant chez elle ce soir-là, Eve avait écouté attentivement comme elle ouvrait sa porte. Oui, le faible bruit d'un trembleur était parvenu de l'intérieur de l'appartement 26.

Le vieil homme n'était pas astreint à passer tout son temps derrière sa porte, à épier par l'œilleton. Il avait installé un trembleur de telle sorte que la sonnerie se déclenchait dans son appartement chaque fois que Eve ouvrait sa porte.

Mais qui lui avait demandé de surveiller les allées et venues d'Eve ?

La réponse avait été évidente, bien sûr.

Mike.

Que devait-elle faire maintenant ? s'était-elle demandé. Devait-elle aller trouver Mike et lui dire qu'elle était au courant pour Worley ? Ne se contenterait-il pas de se défaire du vieil homme et d'engager un autre détective plus discret ?

Et s'il admettait avoir engagé Worley, quel motif Mike donnerait-il ? Qu'il avait seulement voulu assurer sa protection ?

Probablement. Mais comment un vieillard tout rabougri pouvait-il la protéger ?

Non. Mike ne l'avait pas engagé pour qu'il la protège. Mike avait seulement voulu savoir ce qu'elle faisait, et avec qui. Qui voyait-elle ? Qui venait à son appartement ? Voilà ce qu'il voulait savoir.

Elle avait soupiré. Jusqu'ici le travail de Worley avait été des plus simples, et cela continuerait ainsi, selon toute probabilité. Son emploi du temps consistait à aller sur le campus et au supermarché de temps en temps. Elle préparait ses repas chez elle et elle mangeait seule.

Mike dépensait son argent en pure perte. Elle s'était inscrite à l'université pour une seule raison. Elle voulait obtenir sa licence et l'obtenir aussi vite que possible. Tout le reste était distraction, et elle ne voulait pas de distractions.

Qu'allait-elle faire maintenant qu'elle était au courant pour Worley ? Rien, avait-elle décidé. Absolument rien. Si cela rassurait Mike de la faire surveiller, tant mieux pour lui. Ne pas changer le cours des choses et ne rien dire. Et elle n'avait jamais abordé ce sujet avec Mike, encore aujourd'hui.

Au cours du premier semestre, on l'avait invitée à dîner bon nombre de fois. Et certains s'étaient montrés très tenaces. Mais elle avait décliné toutes ces invitations. Allons, elle n'allait tout de même pas sortir avec des gamins !

Finalement elle s'était acheté une alliance. Une bague en or très simple, incrustée d'éclats de diamant, et elle s'était arrangée pour qu'on la voie. De temps en temps elle avait fait des allusions à son mari invisible et cela avait marché. Par la suite, on l'avait laissée plus ou moins tranquille.

Chaque fois qu'elle allait passer son week-end à la maison, elle n'oubliait jamais de retirer l'alliance et de la mettre dans son porte-monnaie.

Eve avait obtenu sa licence en sciences économiques au bout de trois années seulement, et cela avait voulu dire suivre des cours pendant l'été également.

Après la remise des diplômes, Eve avait attendu un mois puis était venue trouver Mike. On ne pouvait pas rester assis et attendre tranquillement que les choses arrivent. C'était une perte de temps. Elle avait demandé à Mike un poste dans son entreprise.

Il avait grimacé un sourire. « Pourquoi diable veux-tu travailler, Eve ? Tu n'es même pas obligée de remuer le petit doigt si tu n'en as pas envie. »

« Mais j'ai envie de le remuer, justement. » Elle avait souri. « Après tout, j'ai fait des études universitaires et j'ai une licence en sciences économiques. »

Il avait ri, bien sûr. « Eve, tes études ne t'ont absolument rien appris sur le monde des affaires. »

Oh que si! J'ai appris des tas de choses, avait-elle pensé, mais elle avait souri à nouveau. « Disons que j'ai envie de mener une vie active. Et aller à des soirées ou jouer au tennis ne me semble pas suffisant. »

Alors Mike s'était montré magnanime et l'avait mise au service de la comptabilité. On lui avait donné le titre de coordinatrice et elle avait son propre bureau. Mike avait même proposé de lui donner une secrétaire, mais elle avait refusé. Trop c'est trop.

Mike avait probablement parlé à Sterling, le chef du service, pour qu'il lui donne du travail de temps à autre. Rien de compliqué ou d'important. Juste quelque chose qu'elle pouvait signer ou approuver. Tout cela avait représenté un semblant de travail et Eve avait su que cela se passerait ainsi.

Mais son titre de coordinatrice lui avait permis d'aller et venir dans les bureaux, de regarder un peu partout, et de s'absenter de son propre bureau pendant des heures d'affilée. Même pendant des jours.

Elle avait toute latitude pour se rendre dans n'importe quel service et consulter les dossiers. Tous les registres, tous les chiffres qu'elle voulait, et elle pouvait poser des questions. Elle veilla à ne jamais se mêler du travail de quiconque et donc on la tolérait et on accédait à ses demandes.

Elle ne représentait une menace pour personne, qu'il s'agisse d'emploi ou d'ego, ou de machisme.

Elle avait bu du café, mangé des petits gâteaux, et eu des conversations d'une banalité exaspérante avec tout le monde et n'importe qui. Et elle était devenue tout à fait populaire. Elle avait permis que les gens l'appellent Eve et elle avait souri et souri et souri.

Mais en réalité, Seigneur! elle avait fourni un travail acharné — apprenant ce qu'il y avait à savoir, apprenant ce que l'entreprise avait été, ce qu'elle était maintenant et ce qu'elle pourrait être à l'avenir.

Elle avait pris des précautions infinies pour que personne ne se doute de ce qu'elle faisait en réalité. Elle était même revenue au bureau durant les week-ends, lorsqu'il n'y avait personne à part quelques employés du service de maintenance. En fait, elle avait eu l'impression de se trouver de nouveau à la fac et de préparer une maîtrise.

Et tout avait été là ; il lui suffisait d'apprendre, d'assimiler. Dans les registres de l'entreprise. C'était là où résidait le centre, le cœur, le cerveau de l'entreprise. Dans les dossiers, dans les fichiers, dans les archives.

Bien sûr, elle avait jugé nécessaire de se familiariser avec les aspects techniques du travail effectué sur le terrain. Mais il n'avait pas été nécessaire d'avoir des notions très étendues, en fait. Juste assez pour se faire une idée générale du travail des ingénieurs. Non, l'important pour l'entreprise était de savoir ce que les matériaux allaient coûter, et où les obtenir, et comment faire le plus de profits possible au bout du compte.

Eve avait eu la confirmation de ce qu'elle avait toujours suspecté. Mike savait très peu de choses sur le fonctionnement de son entreprise. Il n'avait pas reçu la moindre formation. Après la mort de son beau-père, il avait simplement pris possession du bureau de ce dernier et on lui avait donné des papiers plus importants à signer. En réalité, d'autres personnes prenaient les décisions. Les chefs de service, les experts, les ingénieurs travaillant sur le terrain. Peut-être avait-ce été juste de la chance, mais l'entreprise fonctionnait toute seule. Mike n'était qu'un personnage purement décoratif.

En était-il conscient ?

Eve avait été tentée d'aller trouver Mike et de lui dire qu'elle était capable de diriger cette foutue entreprise et de savoir exactement ce qu'elle faisait.

Mais non. Ce n'était pas la bonne façon de procéder. Ainsi donc elle avait attendu son heure. Pris son mal en patience. Oui, et elle s'était fait du souci pour l'entreprise. Supposons que Mike prenne une décision stupide et fasse tout s'écrouler comme un château de cartes ? Elle avait retenu son souffle et, jusqu'ici, du moins, tout paraissait fonctionner normalement.

Lorsque Eve avait appris que Mrs. Jenson, la secrétaire de Mike, partait à la retraite, elle était allée le trouver. « Et si tu me donnais cette place ? »

Il ne l'avait pas prise au sérieux. « Tu es coordinatrice, cela représenterait un sérieux recul. »

Pas du tout, pensa Eve. Pas si tu savais à quel point Mrs. Jenson était importante pour l'entreprise.

Mike avait refusé catégoriquement. « Ce n'est pas un travail pour toi, Eve. Cela ne te plairait pas d'être une simple employée. D'ailleurs, j'ai déjà engagé une nouvelle secrétaire. »

Et cela avait été Oriana.

Elle avait des yeux foncés, presque noirs, et des cheveux couleur aile de corbeau. Elle était réservée et pâle, et elle aussi paraissait observer et attendre.

Oriana représentait un grand mystère. Encore aujourd'hui. Elles n'avaient jamais eu de discussions vraiment personnelles. En fait, tout ce que Eve savait concernant Oriana c'est qu'elle était née ici, sur cette île.

Mais elle avait compris presque immédiatement que Mike avait une liaison avec sa secrétaire. Elle avait attendu froidement que cette liaison s'effrite. Mais cela ne s'était pas produit.

Mike avait même introduit Oriana auprès de la famille. Laurie avait certainement su ce qui se passait. Sans aucun doute, et pourtant elle semblait apprécier Oriana.

Eve croyait savoir pourquoi.

10

Oriana fit un effort sur elle-même pour ne plus penser à Pitts et au tigre.

Elle concentra ses pensées sur Ben Williams et sa femme, Odie, qui avaient été les gardiens de la vaste demeure lorsque les Forrest ne résidaient pas sur l'île et autrement dit presque tout le temps. En fait, Oriana ne se rappelait pas les avoir vus une seule fois.

Lorsqu'elle était une petite fille, Oriana allait jusqu'à la propriété des Forrest aussi souvent qu'elle le pouvait. Ben et Odie étaient tous deux grands et bruns et ils avaient toujours été très gentils avec elle.

Parfois Oriana dînait avec eux dans leur cuisine et donnait un coup de main pour la vaisselle et plus tard elle se promenait dans les splendides pièces de la maison jusqu'à ce qu'il fasse sombre. Ensuite elle rejoignait Odie et Ben sur la véranda, et ils prenaient place dans des chaises en osier à grand dossier.

C'était tellement agréable de s'y trouver, et Odie plaçait toujours un pichet de limonade sur la table basse. Ben avait lu presque tous les livres qui se trouvaient dans la bibliothèque des Forrest, en particulier l'histoire des familles, et c'est pourquoi il était capable de parler des gens qui avaient vécu et étaient morts sur l'île comme s'il les avait tous connus personnellement.

« Cela se passait au tournant du siècle », commençait Ben. « Je veux dire par là les années 1801 et après, lorsque les sœurs Pitot sont parties en Europe à la mort de leur père pour visiter des musées, ce genre de choses. Quand elles sont revenues six ans plus tard, ce Prussien les accompagnait. Il avait épousé Amelia, il me semble. Ou était-ce Rosette ? »

Odie, qui avait entendu plus d'une fois Ben raconter cette histoire, intervenait pour dire : « C'était Amelia. Bien que certains aient dit que c'était les deux. Peut-être que cela ne faisait pas une grande différence. Amelia avait dans les cinquante-cinq ans et Rosette était sa cadette d'une année seulement. Et le baron devait avoir à peu près leur âge, lui aussi, à une ou deux années près. »

Ben acquiesçait de la tête. « Son nom était von Quelque Chose, mais tout le monde l'appelait le baron ou le Prussien. La propriété des Pitot se trouvait à la pointe nord de l'île. Pas l'une des grandes propriétés, mais une plantation bien tenue, où vivaient quarante ou cinquante personnes, hommes, femmes et enfants. Bon, lorsque les sœurs Pitot partirent visiter l'Europe, elles avaient tout confié aux soins de Mr. Meekins, leur surveillant. Elles restèrent en Europe six ans et elles ne seraient sans doute jamais revenues, si ce n'est que leur fortune personnelle fut tarie, et elles furent obligées de rentrer, ce qu'elles firent avec ce Prussien que l'une d'elles avait épousé un mois avant de prendre le bateau.

« Le baron avait servi dans l'armée prussienne toute sa vie, mais avait maintenant pris sa retraite et il jouait de la flûte. Deux heures chaque jour, par tous les temps, et tourné dans la direction de Berlin. »

« Allons, Ben », disait Odie. « Tu inventes ce détail concernant Berlin. »

Ben haussait les épaules. « En tout cas, il jouait de la flûte deux heures chaque jour, et lorsque lui et les sœurs revinrent à Pitot Point, ils trouvèrent la plantation dans un état lamentable — tout était laissé à l'abandon et la seule personne à avoir fait des profits apparemment était Meekins, lequel avait probablement un compte bancaire en Suisse ou quel que soit le pays où ils mettaient leur butin à l'abri en ce temps-là. C'est pourquoi le Prussien non seulement le renvoya, mais le provoqua en duel.

« En fait, cela n'avait pas grand-chose d'un duel. Cela ressemblait davantage à un ultimatum. Meekins avait le choix suivant : se faire tuer sur-le-champ ou bien accepter de se battre en duel et espérer s'en tirer indemne. Alors le duel eut lieu et le Prussien tua Meekins, lui logeant une balle en plein front.

« Cela provoqua un véritable scandale sur l'île — non parce que c'était un duel, il y en avait eu quelques-uns auparavant — mais parce que le Prussien s'était battu en duel avec un surveillant et qu'un incident comme celui-ci risquait de faire s'écrouler tout l'édifice social. Et aussi les gens d'ici n'apprécièrent guère le fait que les témoins dans ce duel aient été des esclaves, lesquels vraisemblablement se fichaient complètement de connaître l'issue, de toute façon.

« Des mesures énergiques auraient pu être prises à l'encontre du Prussien séance tenante, mais les Pitot étaient apparentés aux Webster, aux Crandall et aux de Brosse, et Meekins n'était apparenté à personne. Ainsi donc on enterra Meekins et le Prussien décida de diriger la plantation Pitot sans avoir recours aux services d'un surveillant, ce qui provoqua de nouveaux froncements de sourcils.

« A cette époque tous les surveillants et les propriétaires terriens montaient à cheval. Mais le Prussien tenait les chevaux en piètre estime. Il affirmait qu'il n'existait pas un animal plus stupide sur cette terre que le cheval, comme il en avait fait l'expérience lorsqu'il était dans la cavalerie prussienne. Il disait également que monter à cheval faisait prendre de l'exercice uniquement au cheval et il préférait être pendu plutôt que de gaspiller une minute de plus de sa vie à promener un cheval. Tout cela ne contribua guère à le rendre populaire ici, les gens de l'île affichant une telle vénération pour leurs chevaux et étant plus au fait de leur généalogie qu'ils ne l'étaient de leur propre arbre généalogique.

« En moins d'un an ou deux, la plantation des Pitot

était resplendissante et mieux tenue que toutes les autres sur l'île, et il semblait que le Prussien produisait deux fois plus de coton par arpent que n'importe quel autre planteur. Ce qui amena les femmes de l'île à regarder leurs maris et leurs fils et à se demander pourquoi ils passaient tellement de temps à monter à cheval, et à chasser, et à boire, au lieu de surveiller leurs surveillants pour obtenir un meilleur rendement et un peu plus d'argent.

« Le Prussien, qui ne buvait pas d'alcool et n'allait jamais à la chasse, donna un grade à tous les habitants de Pitot Point, les nommant simple soldat, caporal ou sergent, selon leur tempérament et leur aptitude au travail. Les gens de l'île pouvaient accepter cela, mais lorsqu'il nomma l'un de ses esclaves sous-lieutenant, ils jugèrent qu'il avait dépassé les bornes, estimant qu'un esclave ne devait pas être promu officier, même s'il s'agissait d'une armée privée. »

Ben rallumait son long cigare. « En ce temps-là, les dames bien nées s'adonnaient à des occupations telles que la peinture et la musique, mais avec modération. C'était seulement pour respecter les bienséances et passer le temps, les jours de pluie.

« Les sœurs Pitot ne faisaient pas exception à la règle, du moins jusqu'à la venue du Prussien. Amelia jouait de la harpe et Rosette du clavecin. Elles pouvaient jouer sept ou huit morceaux, certains ensemble, et cela n'allait pas plus loin.

« L'une des premières choses que le Prussien fit lorsqu'ils arrivèrent ici fut de décréter que les sœurs Pitot étudieraient leurs instruments tous les jours. Deux heures par jour, ce qui était plus que ce qu'elles faisaient auparavant en un mois. Et il les fit marcher, cinq kilomètres chaque jour, à une allure vraiment soutenue, affirmant que la marche était excellente pour leurs jambes, leurs poumons et leur santé en général. Et il leur fit prendre des cours d'allemand, ce dont il se chargea, bien sûr.

« Il estima également que c'était plus simple d'enseigner l'allemand aux esclaves que ce ne l'était pour lui d'apprendre l'anglais, particulièrement celui qu'ils parlaient, à savoir le patois des Noirs habitant la côte des Etats de Georgie et de Caroline du Sud. D'après ce que j'ai lu, ils apprirent avec zèle, même si les résultats n'étaient pas toujours fameux. Le Prussien fit également appel à l'un de ces pasteurs allemands, supportant tous les frais de son voyage, afin qu'il leur enseigne la religion luthérienne, mais le pasteur débarqua d'abord à Savannah et décida de rester dans cette ville. Il ne remboursa jamais le Prussien pour la traversée en bateau depuis l'Europe.

« Ma foi, les choses allaient bon train, la plantation Pitot devenant plus rentable et plus prospère de jour en jour, les sœurs améliorant leur musique, leurs poumons et leur teint, et les esclaves chantant des *lieder*, lorsque brusquement le Prussien annonça qu'il avait l'intention d'affranchir tous ses esclaves.

« Cela ne fut pas du tout au goût de l'île. Ici et là dans le Sud, certains planteurs affranchissaient leurs esclaves — d'ordinaire dans leur testament, parce que qui aurait l'idée d'affranchir un esclave alors que vous êtes encore en vie pour le faire travailler à votre place ? — mais cela n'avait jamais été fait sur l'île auparavant et tout le monde eut peur que cette idée ne se répande et ne cause un grand mécontentement.

« Le Prussien ne s'était pas soudain mis à nourrir des sentiments humanitaires, tout simplement il ne pensait pas que l'esclavage fût efficace. Il disait qu'aucun esclave n'est disposé à travailler si on ne le surveille pas et que vous ne pouvez pas surveiller quarante personnes en même temps. Ainsi donc il affranchit tous ses esclaves puis il les reprit à son service en leur versant des gages, et ils furent obligés de produire ou bien de s'en aller. Il préleva également sur leurs gages un loyer pour leurs cabanes. Le loyer n'était pas très élevé, mais juste assez pour leur rappeler qui était toujours le propriétaire des lieux, liberté ou pas.

« Les gens de l'île envisagèrent de faire enfermer le

Prussien en disant qu'il était fou, ou du moins en le présentant comme un homme de mœurs dissolues. On parla même d'incendier la maison des Pitot — bien entendu, les planteurs ne se livreraient jamais à un tel acte — mais ils détourneraient les yeux si leurs surveillants organisaient une expédition punitive et se chargeaient de cette besogne.

« Ma foi, le Prussien fut apparemment informé de ces conversations et de ce qui se tramait contre lui ; il faut dire qu'il avait mis en place tout un réseau d'espions, dont la plupart parlaient un peu l'allemand.

« Jadis, Pitot Point bénéficiait d'un quai s'avançant vers l'océan, comme à la plantation Deveraux, et des schooners venaient s'amarrer là-bas afin d'embarquer le coton. Aussi cette année-là, une fois le coton ramassé et chargé à bord du navire, le Prussien fit également emballer et porter à bord jusqu'au dernier tous les meubles se trouvant dans la maison des Pitot — y compris la harpe et le clavecin. Puis, tout en jouant de sa flûte, il fit embarquer tous ses employés et leurs familles. »

« Voyons, Ben », disait Odie. « Il n'est dit nulle part qu'il jouait de la flûte. »

Ben haussait les épaules. « Quoi qu'il en soit, le bateau fit escale à Savannah pour une durée de deux heures, le temps que le Prussien descende à terre afin d'administrer une correction à un certain pasteur allemand, puis le bateau alla jusqu'à New York où il vendit son coton et donna à tous ses employés une généreuse compensation pour la perte de leur emploi.

« Quant au Prussien et aux sœurs Pitot, ils se rendirent en Pennsylvanie, cherchant un endroit où il pourrait comprendre la langue, et ils achetèrent une petite ferme et se fixèrent là-bas. Tous trois se mirent à donner des concerts dans leur salon tous les dimanches après-midi et les récitals étaient toujours très suivis. Ils vécurent jusqu'à l'âge de quatre-vingt-dix ans et moururent paisiblement durant leur sommeil. »

Oriana avait demandé à Ben s'il avait connu son père.

Ben avait acquiescé de la tête.

« C'était un fort bel homme. Grand, avec des cheveux noirs. Un vrai gentleman.

— Ma mère ne me parle jamais de lui et je n'en garde aucun souvenir. Il est mort alors que j'avais environ trois ans et il est enterré dans le cimetière des Deveraux derrière la maison. Je vais souvent fleurir sa tombe. »

Odie avait soupiré. « Ta maman ne te parle pas beaucoup, n'est-ce pas, trésor?

— Non. Pas beaucoup. Nous vivons au rez-de-chaussée dans la cuisine et une autre pièce. Le reste de la maison est vide et il n'y a pas de meubles ou quoi que ce soit, et la plupart des vitres ont disparu ou sont cassées.

— Comment ta mère occupe-t-elle ses journées? avait demandé Odie.

— La plupart du temps elle reste assise sur une chaise et regarde par la fenêtre et attend cinq heures de l'après-midi. Alors elle boit du cognac, fait des patiences et va se coucher. »

Il y avait eu un silence pendant un moment puis Oriana avait dit : « Le nom de jeune fille de ma mère était Chapman. Il y avait une plantation Chapman ici? »

Ben avait hoché la tête. « Oui. Mais l'exploitation a périclité — comme cela s'est produit pour les autres planteurs quelque temps après. Les Chapman ont été obligés de partir et ils se sont installés à Raleigh où ton grand-père Chapman a trouvé un emploi dans les assurances. Il était représentant. Ta mère avait quatorze ans environ à cette époque. J'ai entendu dire qu'ils vivaient dans un appartement de trois pièces au-dessus d'un drugstore.

— Si maman avait quitté l'île, comment a-t-elle pu rencontrer mon père?

— Ton papa était allé dans un collège à proximité de Raleigh et il a rendu visite aux Chapman, puisqu'ils étaient originaires de l'île eux aussi. Et puis, une chose en entraînant une autre, et ton père n'aimait pas particulièrement les études de toute façon, ils se sont mariés et ils sont revenus vivre sur l'île. »

Ben médita cela quelques instants. « Ton père et ta mère ont habité avec tes grands-parents Deveraux, dans la maison des Deveraux. C'était encore une plantation à cette époque, mais la production était des plus réduites. Pourtant ta mère adorait la propriété et je me suis laissé dire qu'elle avait juré de ne plus jamais quitter l'île, quoi qu'il advienne.

« Le temps a passé. D'autres familles s'en allèrent et puis grand-papa et grand-maman Deveraux moururent tous les deux la même année. Six mois plus tard, ton père faisait une chute de cheval et se brisait la nuque en essayant de franchir un muret de pierre, et c'est ainsi que vous êtes restées toutes seules, toi et ta maman, alors que tu avais trois ans.

« Une fois la succession réglée, il ne restait plus grand-chose de la propriété Deveraux. Juste la maison et quelques hectares. Ta mère a aussitôt vendu la plus grande partie des terres et elle a acheté le cognac. »

Ben eut un sourire. « Quatre cent vingt caisses de cognac. Lorsqu'elles sont arrivés sur l'île, elle m'a engagé pour les porter du quai jusqu'à la maison Deveraux. Quatre cent vingt caisses. M'est avis qu'elle voulait être sûre d'avoir suffisamment de cognac jusqu'à la fin de ses jours. Est-ce qu'il lui reste encore des bouteilles, Oriana ?

— Oui. Mais je ne les ai jamais comptées. »

Oriana avait douze ans lorsque Ben mourut. Il avait été juste un peu indisposé pendant quelques jours et puis il était mort paisiblement.

Des amis et un pasteur étaient venus du continent pour aider Odie et ils avaient enterré Ben dans la concession des Forrest, derrière la maison. Ensuite Odie avait fait ses valises et décidé d'aller vivre chez l'une de ses sœurs sur le continent.

Oriana était avec elle sur le quai à attendre l'arrivée du bateau.

Odie avait été affligée. « Ma pauvre enfant, que vas-tu devenir ? »

Oriana s'était efforcée de refouler ses larmes. « Allons, prends bien soin de toi, Odie. »

Après le départ d'Odie, il ne restait plus que Pitts sur la plantation Forrest et Oriana ne voulait pas avoir affaire à lui.

Mais elle prit l'habitude de se glisser furtivement vers la maison, et elle la contemplait depuis le couvert des arbres pendant des heures et rêvait de se promener à nouveau dans les vastes pièces.

Elle avait supposé que les Forrest ne parviendraient pas à trouver quelqu'un pour remplacer Ben et Odie, ou bien que cela leur était égal, ou encore qu'ils estimaient que le fait d'avoir Pitts dans les parages était suffisant, parce que personne d'autre ne s'approchait jamais de la maison.

Oriana avait pensé que Pitts s'installerait dans la maison comme Ben et Odie l'avaient fait, mais il continua de dormir dans sa cabane et chaque fois qu'il en sortait, il se mettait à grogner et à jurer et lançait une bouteille vide sur le tas d'ordures.

Et puis un soir, alors qu'elle savait que Pitts venait de finir une autre bouteille et qu'il resterait allongé un bon moment, elle était sortie des bois, se dirigeant vers l'arrière de la maison illuminée par la lune, et s'était glissée à l'intérieur.

Le clair de lune avait été tellement brillant à travers les grandes fenêtres qu'elle avait pu tout voir dans les pièces. Elle s'était promenée dans toute la demeure, effleurant les meubles recouverts de draps et passant ses doigts sur le marbre des immenses cheminées. Elle était montée au premier et même jusqu'au deuxième étage où les domestiques avaient habité autrefois.

Elle avait eu le sentiment que tout cela lui appartenait désormais puisque tous ceux qui aimaient cette demeure étaient à présent morts ou partis. Elle avait éclaté de rire en dévalant l'escalier majestueux et il lui avait semblé entendre de la musique de chambre quelque part dans la maison tandis qu'elle descendait les marches.

Après ce soir-là, elle était retournée dans la maison toutes les fois qu'il y avait suffisamment de clair de lune et qu'elle savait que Pitts dormait ivre mort.

Mais parfois, lorsque Pitts n'avait pas eu sa bouteille, il n'allait pas se coucher. Il se contentait de rôder dans la propriété en jurant et elle n'osait pas quitter le couvert des arbres.

Puis, un soir, le clair de lune avait été si magnifique qu'elle avait ressenti le besoin irrépressible de revoir l'intérieur de la maison. Alors elle avait volé une bouteille de cognac dans la cave de maman et l'avait posée juste à l'entrée de la cabane de Pitts où il trébucherait dessus inévitablement lorsqu'il sortirait. Et elle attendit.

Sur le moment il pensa sans doute que c'était un serpent, parce qu'il fit un bond en l'air lorsque son pied toucha la bouteille. Puis il regarda prudemment et ramassa la bouteille. Il l'avait examinée puis avait jeté un regard à la ronde. Il avait même levé les yeux vers le ciel. Puis il avait emporté la bouteille dans sa cabane.

Oriana avait attendu jusqu'à ce qu'elle l'entende ronfler et alors elle était à nouveau entrée dans la grande maison.

Le lendemain soir, elle avait déposé une autre bouteille à proximité de la cabane de Pitts et elle l'avait regardé la boire, assis sur le pas de sa porte.

Le troisième soir, elle avait remarqué Pitts embusqué près de la cabane, attendant pour voir qui lui apportait la bouteille. Alors elle avait été obligée de la lancer sur la terre meuble non loin de lui puis s'était cachée dans les bois et avait attendu.

Bien sûr elle aurait dû savoir que ce petit jeu ne pouvait pas durer éternellement parce qu'il n'y avait que Pitts, Oriana et sa mère sur l'île.

Pitts était venu à la propriété Deveraux le lendemain, très tôt dans la soirée avant même le coucher du soleil, et il avait eu ce sourire obscène pendant qu'il parlait à maman.

Maman avait déjà bu la moitié de sa bouteille et elle avait été incapable de comprendre pourquoi Pitts était là. D'ailleurs, elle s'en fichait complètement. Elle voulait juste finir la bouteille et aller dormir.

Mais Oriana avait compris de quoi il retournait et pour

quelle raison Pitts restait là à dévisager maman. Il était persuadé que c'était elle qui apportait les bouteilles à son intention et il pensait qu'elle avait envie de coucher avec lui. Mais maman ne s'intéressait plus à ce genre de choses depuis longtemps.

Pitts s'était approché de maman de plus en plus et Oriana avait su ce qui allait se passer si elle n'intervenait pas. Alors elle était allée dans la chambre à coucher pour prendre le fusil de chasse à deux coups. Elle avait trouvé des cartouches poussiéreuses et les avait introduites dans les chambres.

Puis elle était revenue dans la cuisine et avait dit : « Laissez ma maman tranquille », et elle avait tiré au-dessus de la tête de Pitts, ce qui avait provoqué une pluie de petits morceaux de toile de la porte-moustiquaire.

Le recul lui avait presque arraché le fusil des mains, mais elle ne l'avait pas lâché et avait dit à Pitts que s'il ne fichait pas le camp d'ici immédiatement, la prochaine fois elle viserait sa bedaine.

Il était sorti en courant et elle avait rapidement glissé une autre cartouche dans la chambre qui avait été utilisée puis elle avait attendu, mais il n'était pas revenu.

Pendant tout ce temps, sa mère était restée assise sur sa chaise, immobile, le regard perdu dans le vague. Puis elle s'était versé un autre verre de cognac et avait commencé une autre patience.

Les mois avaient passé et Oriana n'était pas sortie de la propriété. Mais, un soir, il y avait eu à nouveau un clair de lune splendide et cela avait été plus fort qu'elle : retourner dans la maison des Forrest. Le vent était si doux et les lucioles tellement nombreuses. Ainsi donc elle était partie à travers bois afin de contempler la demeure des Forrest encore une fois.

Elle avait regardé la maison et s'était demandé où était Pitts et ce qu'il faisait. Peut-être avait-il rapporté une ou deux bouteilles du continent et était-il allé dormir. Elle s'était approchée sans bruit de sa cabane et avait tendu l'oreille pour déceler ses ronflements.

Mais Pitts avait brusquement surgi de l'ombre d'un

arbre et lui avait lancé un regard furieux. « Qu'est-ce que tu viens faire ici ? Qu'est-ce que tu veux ? »

Et Oriana avait compris qu'elle ne pouvait vraiment pas le lui dire, alors elle n'avait rien dit du tout.

Il l'avait dévisagée un long moment. « Tu n'es qu'une gamine efflanquée. » Mais ses yeux avaient brillé et il l'avait serrée contre lui.

Lorsque ce fut terminé, elle était repartie en courant d'une traite jusqu'à la maison Deveraux. Elle avait eu l'intention de réveiller sa mère et de lui dire ce qui était arrivé et peut-être de fondre en larmes.

Mais elle avait su que cela serait parfaitement égal à maman. Oriana avait même songé à prendre le fusil de chasse et à retourner là-bas pour tuer Pitts.

Seulement, dans ce cas, on la mettrait en prison et qui prendrait soin de maman. Alors elle s'était lavée maintes et maintes fois puis elle avait essayé de dormir.

11

MacIntyre finit de manger et but son lait. Il envisagea un moment d'ouvrir la porte et de poser le plateau par terre, au-dehors.

Non, décida-t-il. Qui sait ce qui pouvait se trouver dehors, guettant et attendant. S'il ouvrait la porte ne serait-ce que de quelques centimètres, le tigre pouvait brusquement bondir et entrer. Non, il ouvrirait la porte seulement s'il entendait le bruit de la voix de quelqu'un. Ce serait le signe que le tigre ne se trouvait pas à proximité.

Il arrangea les deux oreillers afin d'être plus à son aise. Il aurait dû demander à Bowler de lui apporter quelque chose à lire.

MacIntyre soupira.

Sa première réceptionniste avait été Mrs. O'Brien. C'était sa mère qui l'avait engagée. Mrs. O'Brien avait passé la quarantaine et était de forte corpulence.

La semaine suivant la mort de la mère de MacIntyre, Mrs. O'Brien avait brusquement annoncé que sa présence était absolument indispensable à la maison et qu'elle quittait son emploi, mais elle avait une fille, Angie ; celle-ci venait de terminer ses études au lycée et tapait quarante mots à la minute et elle serait parfaite pour ce travail de réceptionniste.

Angie O'Brien avait dix-huit ans et elle était, hum, pourvue de formes tout à fait généreuses et... consentante. Vous pouviez le voir, vous pouviez le percevoir dans l'air, et vous pouviez presque le sentir.

Tout cela avait été évident, bien sûr. MacIntyre et ses condisciples à la faculté de médecine avaient été mis en garde contre ce genre de choses par leurs professeurs qui riaient sous cape. Les jeunes réceptionnistes. Elles étaient toutes fermement décidées à mettre le grappin sur le docteur, d'une façon ou d'une autre. Et parfois, ainsi que MacIntyre le comprit alors, avec l'aide de leur mère.

Angie avait procédé en douceur, sans se presser, suivant probablement les conseils de sa mère. N'agis pas trop vite, ne te montre pas trop entreprenante, autrement tu risques de l'effaroucher et de tout gâcher. Contente-toi d'être polie et prévenante, adresse-lui de grands sourires, mais ne fais rien de plus pendant au moins un mois.

Le mois avait passé et MacIntyre avait été à même de constater que la phase numéro deux avait commencé. Cela avait presque ressemblé à un changement de climat. Les yeux d'Angie étaient maintenant un tout petit peu plus grands et elle semblait toujours plus près de lui et parfois ils se frôlaient effectivement.

MacIntyre s'était surpris à avoir des picotements et s'était senti nerveux et même, oui, tremblant d'impatience.

Au bout de deux semaines, il s'était surpris à dire : « Miss O'Brien, vous serait-il possible de rester juste un moment après les heures de consultation aujourd'hui ? J'aimerais vérifier quelque chose dans nos livres de comptes. »

« Oh ? » avait-elle fait en esquissant un sourire. « Vous avez constaté des erreurs, docteur ?

— Non, non, avait-il répondu précipitamment. Pas la moindre erreur. Tout est en ordre, à vrai dire. Mais nous pourrions revoir quelques petites choses ici et là. »

Le sourire s'était fait complice.

« Bien sûr, docteur. Je serai ravie de rester aussi longtemps que vous le désirez. »

Les patients que MacIntyre avait hérités du Dr Walters ne téléphonaient presque jamais pour prendre rendez-vous. Ils préféraient faire irruption dans la salle d'attente et attendre jusqu'à ce qu'il puisse les voir. Tandis qu'il travaillait ce jour-là, MacIntyre regardait continuellement la pendule murale. Il s'était surpris à transpirer.

Quatre heures avaient sonné. Quatre heures et demie. Il avait croisé le regard d'Angie alors qu'il faisait sortir un patient de son bureau. Ses yeux avaient incontestablement brillé. Comme ceux d'un chat satisfait.

Et puis, soudain, il avait été gagné par cette sensation de malaise atroce au creux de l'estomac, et la panique.

Il n'avait pas vraiment attendu cinq heures avec impatience. Mais plutôt avec appréhension. Parce qu'il savait ce qui allait se passer. Ou plus exactement ne pas se passer. Tout recommencerait, comme la fois où Laurie et lui étaient allongés sur la banquette de la Cadillac.

Oui, exactement la même chose. Il le savait.

Il avait entrebâillé la porte donnant sur la salle d'attente et jeté un coup d'œil. Encore deux patients. Encore deux patients et ensuite lui et Angie seraient seuls. Il s'était surpris à trembler violemment.

Il avait refermé la porte et donné un tour de clé. Bon sang, qu'allait-il faire maintenant? Il ne pourrait pas aller jusqu'au bout. Il en était incapable. Dans un instant d'égarement il avait même songé à s'ouvrir les veines.

Puis le téléphone avait sonné. Ce téléphone béni. Angie avait décroché, bien sûr, mais ensuite elle avait appuyé sur le bouton de l'interphone pour indiquer que l'appel lui était destiné.

C'était Mrs. Seborg et elle était tout à fait navrée de le déranger pendant ses heures de consultation, mais sa mère semblait avoir des difficultés à respirer et apparemment elle n'avait plus sa tête à elle. Pouvait-il venir? Peut-être après la fermeture du cabinet? Ou bien dès qu'il le pourrait?

Et il avait dit, oui, bien sûr, je viens immédiatement. Il avait saisi sa trousse et s'était arrêté un instant devant le bureau d'Angie. « Une urgence. Il faut que j'y aille tout de suite. »

Arrivé près de la porte, il s'était retourné. « Vous feriez mieux de fermer le cabinet pour aujourd'hui, Angie. Je ne crois pas que je pourrai revenir. Impossible de savoir combien de temps je vais rester là-bas. » Et il était parti en toute hâte.

La mère de Mrs. Seborg était l'une de ses plus anciennes patientes et dès qu'il la vit il comprit qu'elle était dans le coma et qu'elle ne reprendrait pas connaissance. Il avait dit à Mrs. Seborg la vérité — qu'elle pouvait faire transporter d'urgence sa mère à l'hôpital, mais qu'en fait cela ne servirait à rien. Mrs. Seborg avait reconnu que les hôpitaux étaient tellement onéreux de nos jours et que de toute façon sa mère était condamnée et c'était mieux de mourir chez soi, entouré de ceux qui vous aimaient.

MacIntyre était rentré à la maison et était monté dans sa chambre. Il s'était allongé sur son lit et avait regardé fixement le plafond.

Qu'allait-il faire au sujet d'Angie ? Que diable pouvait-il faire ? Il devait trouver quelque chose demain. Un prétexte. Il avait réfléchi et réfléchi et finalement il avait trouvé la solution.

Il s'était rendu en ville chez Sears et avait trouvé exactement ce qu'il cherchait — la photographie d'une jeune femme très jolie dans un cadre format 24 × 36. Juste un modèle, bien sûr, et c'était une façon de rendre le cadre plus attirant pour les clients, mais c'était le portrait qu'il voulait en réalité.

Une fois rentré chez lui, il avait déguisé son écriture et écrit « A mon Jamie chéri, très affectueusement » au bas de la photographie puis il avait signé « Geneviève ».

Le lendemain matin, il était arrivé au cabinet de bonne heure, avant Angie, et il avait posé la photographie encadrée sur son bureau.

Lorsqu'il l'avait entendue dans l'antichambre, il s'était rapidement esquivé vers le cabinet de toilette et avait laissé la porte légèrement entrebâillée afin de regarder discrètement.

Peu de temps après, Angie était entrée dans la pièce pour épousseter son bureau et ranger ses fiches et lorsqu'elle avait vu la photographie et l'inscription, elle avait fait une drôle de tête.

MacIntyre était sorti du cabinet de toilette en s'essuyant les mains sur une serviette en papier. « Bonjour, Angie. » Il s'était arrêté devant la photographie. « Ma fiancée, Geneviève. Je la connaissais depuis des années, mais c'est seulement hier soir que nous nous sommes fiancés en bonne et due forme. »

Cela était sans doute suffisant, mais il n'avait pas voulu laisser à Angie le moindre espoir qu'elle réussirait peut-être à l'emporter sur Geneviève. « Son père est dans le pétrole. Il a fait toutes sortes d'investissements en Arabie Séoudite. Il va m'aider à ouvrir une clinique. La financer. »

Angie était restée toute la journée très silencieuse, mais le lendemain matin sa mère avait téléphoné et dit que Angie ne se sentait pas très bien, mais Mrs. O'Brien ne demandait pas mieux que de la remplacer parce qu'elle s'était aperçue que sa présence n'était pas du tout indispensable à la maison, finalement. Peut-être pourrait-elle revenir d'une façon permanente parce qu'elle ne savait absolument pas combien de temps durerait la maladie d'Angie. Peut-être des mois.

MacIntyre s'était empressé de répondre qu'il était désolé mais qu'il avait pris des dispositions préalablement avec une autre femme pour qu'elle remplace Angie chaque fois que cette dernière tomberait malade, et qu'il avait également dit à cette femme que si jamais Angie quittait son emploi, ou avait une maladie de longue durée, il lui donnerait la place sur-le-champ. MacIntyre ne voulait surtout pas que Mrs. O'Brien revienne travailler au cabinet et découvre qu'il n'y avait pas de Geneviève.

MacIntyre engagea l'une de ses patientes pour être la nouvelle réceptionniste. Mrs. Landry. Elle avait passé la cinquantaine et il savait qu'elle mettrait cet argent à profit parce qu'elle lui en devait beaucoup — ses honoraires depuis plusieurs mois. Elle avait quatre enfants qui allaient à l'école. Quatre garçons.

MacIntyre avait continué d'habiter avec son père au premier étage de l'établissement des pompes funèbres. De temps à autre, son père lui demandait pourquoi il ne déménageait pas — et ne cherchait pas une maison plus agréable, ses moyens le lui permettaient à présent. Mais MacIntyre répondait qu'il répugnait à déménager et que le quartier lui plaisait. En outre, il y avait sa clientèle et cela aurait été stupide de perdre tout ce temps en trajets quotidiens depuis une banlieue.

Ainsi donc MacIntyre s'était vraiment installé et la photographie était devenue son passe-temps favori.

Lorsque le père de MacIntyre avait passé la soixantaine, il s'était mis à parler de retraite et de son intention d'aller s'installer sous des climats plus chauds où il pourrait se laisser vivre.

MacIntyre n'avait jamais envisagé cette éventualité auparavant. D'une certaine façon vous avez le sentiment que les choses dureront éternellement et ne changeront jamais. Mais supposons que son père prenne sa retraite ? Et après ? Il vendrait probablement la maison. A un autre entrepreneur des pompes funèbres ? Peu probable. Ils n'exerçaient plus dans ce secteur de la ville désormais.

MacIntyre avait ruminé cette idée et un soir, après avoir fini de développer des photos dans sa chambre noire au sous-sol, il était sorti et avait regardé son père apprêter le corps de Giardo, le cordonnier, qui était mort d'un cancer et pesait maintenant moins de quarante-six kilos.

MacIntyre s'était éclairci la gorge. « J'ai bien réfléchi, papa. La médecine ne me convient vraiment pas. »

Et c'était la vérité absolue. Il n'avait jamais éprouvé le moindre intérêt pour la médecine, et de plus, la moitié de ses patients le rendait si nerveux qu'il avait toujours l'estomac noué, et sentait qu'il aurait un ulcère avant longtemps.

MacIntyre avait poursuivi : « Je pense qu'un homme devrait faire ce qui le rend le plus heureux. »

Son père avait poussé un grognement. « Et qu'est-ce qui te rend le plus heureux? »

MacIntyre s'était senti encouragé et il avait répondu très vite : « Je songe à renoncer à la médecine et à suivre des cours pour devenir entrepreneur des pompes funèbres. J'aurai fini dans deux ans et je pourrai reprendre ton affaire lorsque tu partiras à la retraite. J'achèterai la maison, bien sûr. Je ne m'attends pas à ce que tu m'en fasses cadeau. »

Son père l'avait regardé avec stupeur. « Tu es fou, Jamie. Complètement cinglé. Bon sang, en ce moment tu gagnes quatre fois plus d'argent que moi.

— Ce n'est pas une question d'argent, papa. Mais j'ai bien réfléchi et cela ne rime à rien que je gâche ma vie à faire quelque chose qui, en réalité, ne me plait pas du tout.

— Complètement cinglé, avait répété son père. Tu perds la boule. Tu es bon pour l'asile d'aliénés. »

MacIntyre avait battu en retraite vers sa chambre noire.

L'un des patients de MacIntyre avait été August Bellinger, qui était le grand manitou du parti politique dirigeant la circonscription et un personnage influent à l'hôtel de ville. Après que MacIntyre lui eut fait passer sa visite médicale annuelle, et recommandé de suivre un régime, de laisser tomber l'alcool et d'arrêter de fumer tous ces cigares — tout en sachant que celui-ci ne suivrait aucun de ses conseils — Bellinger s'était rhabillé et avait dit : « Jamie, ça vous dirait d'être le coroner de cette grande ville? »

MacIntyre avait battu des paupières. « Coroner?

— Coroner. Je vais inscrire votre nom sur la liste des candidats. » Bellinger avait grimacé un sourire. « Nous avons besoin d'un nom pour remplir l'espace vide sur la liste. Pour vous dire la vérité, j'ai déjà posé cette question autour de moi, sans succès. Je ne réussis pas à trouver un seul médecin qui ait envie d'être coroner, mais la loi stipule qu'un coroner doit être médecin. Le boulot rapporte mille tickets par an, mais je suppose que vous gagnez cela en un week-end? »

MacIntyre avait été tout à fait intéressé. « Quelles sont les fonctions d'un coroner ? Bien sûr, je sais ce que font les coroners d'un point de vue médical, mais je ne connais pas leurs fonctions officielles.

— Un coroner ne fait absolument rien, Jamie. Nous avons des employés de la fonction publique qui se chargent du découpage et du dépeçage. Tout ce que vous aurez à faire c'est de venir au bureau chaque semaine, ou toutes les deux semaines, pour signer quelques papiers. Nous pouvons même vous les apporter si vous préférez. »

Le cœur de MacIntyre avait commencé à battre la chamade. « Ma foi, si jamais je suis élu, j'insisterai pour être davantage qu'une potiche.

— Comme vous voudrez, Jamie. Vous obtenez le titre et ce que vous en faites ne regarde que vous. »

Le parti politique avait gagné les élections, comme d'habitude, et MacIntyre s'était rendu à l'hôtel de ville où se trouvait la morgue.

Il s'était présenté au coroner adjoint — qui n'était pas médecin, juste un technicien — et à ses assistants. Quand MacIntyre leur avait énoncé qu'il serait plus qu'un personnage purement décoratif, ils s'étaient tous montrés polis et sceptiques, mais il les avait surpris en venant fréquemment, donnant un coup de main ici et là et faisant la connaissance des employés de son service. Avant longtemps, il se rendait à la morgue trois ou quatre soirs par semaine et ils lui donnèrent même un trousseau de clés.

MacIntyre décida finalement qu'il ferait tout aussi bien de renoncer à son idée de devenir entrepreneur des pompes funèbres. Et lorsque son père prit sa retraite et vendit la maison à un plombier, MacIntyre emménagea dans un appartement proche de l'hôtel de ville, mais il garda son cabinet médical dans l'ancien quartier.

Coroner, pensa MacIntyre. Il pouvait probablement être coroner jusqu'à la fin de ses jours s'il le désirait.

Il bâilla, ferma les yeux et s'endormit en souriant.

12

Il était maintenant bientôt minuit. Bowler avait différé cette partie de son plan suffisamment longtemps.

La tête lui tourna un peu lorsqu'il se leva et s'éloigna de la table de la cuisine. Peut-être avait-il bu un tout petit peu trop de cognac au cours de la journée. Il contempla la pluie qui zébrait les vitres obscures. Parfait.

Bowler mit son imperméable et releva le capuchon. Il déverrouilla et ouvrit la porte qui donnait sur la cave située sous la maison, actionna le commutateur électrique, et s'avança sur le sol argileux.

Son regard se dirigea immédiatement vers le congélateur bahut. Hegan l'avait apporté sur l'île la semaine précédente et Bowler ne savait toujours pas pourquoi. Le congélateur vertical de la cuisine suffisait largement aux besoins de la maisonnée.

Il jeta un coup d'œil à l'autre porte conduisant vers le monde extérieur. A présent elle était fermée et solidement verrouillée. Mais cela n'avait pas été le cas ce matin. Elle avait été ouverte parce que Clara avait l'habitude de la laisser ainsi afin d'aérer le sous-sol et d'empêcher toute humidité.

Après que Bowler et Clara eurent été avertis de la présence du tigre, ils étaient repartis vers la cuisine et s'étaient barricadés dans la pièce. Et puis Clara s'était rappelé que la porte de la cave était ouverte. Elle était sortie de leur cuisine pour aller la verrouiller.

Mais elle s'était absentée trop longtemps et Bowler avait ouvert la porte de la cave afin de voir ce qui la retenait ainsi.

Et il avait vu le tigre. Juste à quelques mètres de là.

Celui-ci avait dû entrer dans la cave un peu plus tôt dans la journée et maintenant il y était tranquillement installé, tournant le dos à Bowler, entre Clara et la porte qui donnait sur la cuisine.

Clara se tenait immobile, le visage livide, les yeux agrandis par une terreur silencieuse. Le tigre la regardait fixement, sans bouger, ne s'étant apparemment pas rendu compte que Bowler se trouvait derrière lui.

Le cœur de Bowler avait battu la chamade et il avait cru qu'il allait s'évanouir. Sa première pensée avait été de claquer la porte, mais ensuite il avait regardé, pétrifié et fasciné par la scène qui s'offrait à ses regards.

Clara était restée là un très long moment, et le tigre se contentait de l'observer. Puis, lentement, très lentement, elle s'était éloignée du tigre à reculons jusqu'à ce qu'elle se cogne contre le congélateur bahut inutilisé.

Sans se retourner pour regarder ce qu'elle faisait, ses doigts avaient trouvé le couvercle du congélateur et elle l'avait relevé tout doucement.

Bowler avait eu l'impression de regarder un film au ralenti. Clara s'était glissée à l'intérieur du congélateur peu à peu et ensuite, tout aussi graduellement, elle avait abaissé le couvercle sur elle.

Le tigre s'était dressé sur ses pattes et s'était avancé vers le congélateur. Il avait presque ronronné, apparemment intrigué par la disparition de Clara, et il avait reniflé les flancs du congélateur.

D'un bond gracieux il s'était juché sur le congélateur et avait examiné sa surface. Et ensuite, au bout d'une bonne minute, manifestement lassé de toute cette affaire, il avait sauté vers le sol et s'était dirigé vers la porte toujours ouverte donnant sur le jardin. Bowler l'avait observé s'éloigner à petits bonds dans le jardin et disparaître au sein des broussailles. Puis il avait couru jusqu'à la porte, l'avait rapidement refermée et avait poussé le verrou.

Ensuite il s'était retourné et avait considéré le congélateur. Clara était toujours à l'intérieur. Elle ne savait pas que le tigre était parti. Elle ne savait pas qu'elle pouvait sortir sans danger.

Ses yeux avaient fixé de façon hypnotique la clé dans la serrure du congélateur et il s'était avancé tel un homme en transe. Ses doigts avaient effleuré la clé puis il l'avait fait jouer dans la serrure, sans bruit. Maintenant le congélateur était fermé à clé.

Combien de temps cela prendrait-il pour que Clara soit asphyxiée ? Serait-elle même asphyxiée ? Et si jamais elle parvenait à faire sauter la serrure et à sortir? Ou encore était-il possible d'ouvrir le congélateur de l'intérieur ?

Il s'était mis à transpirer. Il n'entendait pas de bruits provenant de l'intérieur du congélateur. Apparemment elle était toujours allongée là, pensant que le tigre continuait d'attendre.

Le pied de Bowler avait touché le fil électrique non branché du congélateur. Il avait ramassé la broche, hésité un instant, puis il l'avait enfoncée dans la prise de courant. Le moteur du congélateur s'était mis à ronronner et le voyant rouge de fonctionnement sur son flanc s'était allumé.

Alors il avait entendu Clara à l'intérieur du bahut. Elle avait commencé à donner de grands coups sur le couvercle et il avait entendu ses cris assourdis.

Pouvait-elle sortir de là ? Et si jamais elle parvenait à sortir, qu'allait-elle lui faire ?

Il avait été terrifié et s'était mis à empiler frénétiquement des caisses de cognac sur le couvercle du congélateur jusqu'à ce qu'il n'y ait plus de place pour en mettre d'autres. Et pendant tout ce temps, il avait entendu le martèlement et les cris.

Il était reparti en courant vers la cuisine et avait verrouillé la porte. Puis il était allé dans leur chambre à coucher exiguë et avait également refermé la porte derrière lui. Il s'était allongé sur le lit, ne sachant pas très bien s'il entendait toujours Clara ou si c'était un effet de son imagination.

Il s'était endormi. Peut-être s'était-il agi d'une sorte de réaction nerveuse, l'amenant à s'assoupir. Et il s'était réveillé en sursaut sans doute une demi-heure plus tard, réalisant brusquement qu'il allait devoir préparer et servir le petit déjeuner tout seul. Et le déjeuner. Et le dîner.

Au petit déjeuner, Laurie s'était étonnée de ne pas voir Clara et il lui avait dit que Clara ne se sentait pas très bien et qu'elle était allée se coucher. Lorsque Laurie lui fit part de son intention d'aller voir Clara et de lui demander si elle pouvait faire quelque chose, Bowler s'était empressé d'ajouter que Clara dormait et en outre, elle était le genre de personne qui désirait seulement qu'on la laisse en paix lorsqu'elle était malade.

Laurie dit que MacIntyre était indisposé, lui aussi, et elle demanda à Bowler de lui porter un plateau de petit déjeuner.

Lorsque Bowler entra dans la chambre de MacIntyre, il découvrit que le lit avait été dégarni des draps, des couvertures et des oreillers. Il se demanda où MacIntyre pouvait bien être, et il frappa finalement à la porte de la salle de bains.

La voix de MacIntyre lui était parvenue de l'intérieur. « Qu'est-ce que c'est ?

— Votre petit déjeuner, monsieur. Je vous ai monté un plateau. »

Bowler entendit que l'on tirait le verrou. Puis la porte fut entrouverte, juste assez pour que MacIntyre puisse prendre le plateau.

« N'oubliez pas de fermer la porte-fenêtre en partant. » La porte fut refermée et verrouillée à nouveau.

Bowler aperçut la serviette en cuir de MacIntyre sur la table de nuit. Cette fois, elle n'était pas fermée à clé et elle était vide.

Mais cela n'avait pas été le cas lors du dernier séjour de MacIntyre sur l'île. Bowler était finalement parvenu à s'introduire furtivement dans la chambre de MacIntyre et à mettre la main sur la serviette en cuir. Il s'était toujours demandé ce que MacIntyre gardait dans cette serviette.

Bowler avait trouvé la clé adéquate sur son trousseau et il l'avait fait jouer dans la serrure. Il avait découvert que la serviette était bourrée de photographies sur papier glacé format 6 × 9.

Et Bowler avait été choqué.

Comment MacIntyre s'y prenait-il, s'était-il demandé. Sans doute un dispositif de déclenchement automatique. MacIntyre le réglait puis se précipitait là-bas, devant l'objectif, nu comme un ver et tout excité. Et il était sur chacune de ces satanées photos.

Bowler frissonna. Il avait déjà vu des photos pornographiques dans sa vie.

Mais avec des morts?

13

Lorsque Oriana avait quitté l'île, elle avait fait étape à Savannah pour voir un agent immobilier et prendre des dispositions afin de vendre ce qui subsistait de la propriété Deveraux. Il lui avait dit qu'en fait il n'y avait plus d'acheteur pour ce genre de propriété de nos jours, mais qu'il pourrait peut-être s'en décharger sur l'une des banques de la ville. Elle ne devait pas compter sur une forte somme. Oriana avait dit parfait, vendez la propriété.

Elle avait pris un car vers le nord jusqu'à ce qu'elle trouve une ville où elle pensait qu'elle aimerait habiter. Une fois descendue du car, elle était entrée dans une cabine téléphonique, avait consulté l'annuaire de la ville et noté l'adresse d'une demi-douzaine d'écoles commerciales. Elle avait pris un taxi et s'était rendue à l'école figurant en tête de sa liste.

Au secrétariat de l'école, elle avait posé un certain nombre de questions et avait constaté que c'était exactement ce qu'elle voulait, aussi n'avait-elle pas cherché plus loin.

Elle avait demandé à la secrétaire s'il y avait des chambres à louer dans le quartier, et celle-ci avait répondu qu'elle en trouverait à foison, juste à deux pas.

Oriana avait trouvé la maison des Neville. Elle était située dans une petite rue résidentielle et bordée de vastes demeures anciennes, dont la plupart semblaient avoir été aménagées en pensions de famille et en studios.

Les Neville avaient tout deux passé la soixantaine, étaient de petite taille, et lui avaient fait de grands sourires. Ils s'étaient pris d'affection pour Oriana sur-le-champ et ils avaient dit que oui, certainement, ils avaient une chambre vacante. Alma Bergan venait d'obtenir son diplôme d'esthéticienne et était retournée dans sa ville natale afin de travailler pour sa tante et sans doute reprendrait-elle la boutique lorsque celle-ci partirait à la retraite.

Mrs. Neville dit que la chambre se trouvait au deuxième étage. Elle avait une fenêtre en mansarde et avait été occupée par l'une des domestiques lorsque Mrs. Neville était enfant. Il y faisait peut-être un peu froid en hiver, mais la chambre était équipée d'un radiateur électrique et ils installaient toujours un climatiseur durant l'été.

Tandis qu'ils lui montraient la chambre, Oriana apprit que Mrs. Neville était née dans cette maison même et que Mr. Neville était le fils d'un pasteur. Mr. Neville avait eu l'intention de devenir pasteur également, ou avocat, ou peut-être architecte, mais il avait toujours été d'une santé fragile et c'est pourquoi il n'était jamais allé au collège.

Les Neville s'étaient mariés en 1929, au début de l'année, et ils étaient allés en Europe pour leur voyage de noces. Ils avaient prévu de rester toute une année là-bas, mais ils avaient été obligés de rentrer à cause du krach, vous savez. Et ils avaient dû s'occuper de son père à elle jusqu'au jour de sa mort parce qu'il était devenu infirme et restait assis dans son fauteuil roulant à regarder fixement devant lui. Ils avaient toujours appréhendé qu'il ne se tire une balle dans la tête, ou saute d'une fenêtre comme certains de ces agents de change de Wall Street, mais il avait vécu encore vingt-trois ans.

En 1930, ils avaient été contraints de commencer à louer des chambres, mais cela ne les dérangeait absolument pas parce que tous deux aimaient avoir du monde autour d'eux et qu'ils n'avaient jamais pu avoir d'enfants.

Oriana disposerait d'une cuisine, avait dit Mrs. Neville, et sa cuisine se trouvait juste au bout du couloir. Autrefois c'était la cuisine du maître d'hôtel et de sa femme, mais maintenant elle devrait la partager avec quatre autres locataires, mais ils étaient tous très gentils et il n'y avait jamais eu le moindre problème.

Et les Neville louaient ces chambres principalement à des étudiants des écoles commerciales et des lycées techniques situés à proximité, mais parfois ils avaient également des étudiants inscrits à l'université. L'université se trouvait à moins de six cents mètres de la maison. Mais à vrai dire ils préféraient les étudiants des écoles commerciales et des lycées techniques, vous savez, parce qu'ils étaient tellement plus adultes et sérieux. Apparemment, ils n'avaient pas le temps de faire les quatre cents coups comme ceux de l'université.

Et les Neville avaient leur propre appartement en bas, au rez-de-chaussée, juste à côté de l'entrée. Autrefois c'était une salle à manger mais ils l'avaient fait aménager en un living-chambre à coucher et vraiment cela leur suffisait largement. La grande porte à deux battants était toujours ouverte et vous pouviez entrer pour bavarder avec eux chaque fois que vous en aviez envie.

Oriana constata que les Neville étaient très rarement seuls. Il y avait presque toujours quelqu'un avec eux en train de prendre le thé et de manger des petits gâteaux.

Mais de temps en temps, lorsque Oriana rentrait de ses cours, elle apercevait seulement Mr. ou Mrs. Neville assis dans un fauteuil au-delà de leur porte ouverte.

Ces fois-là, il était assis dans son fauteuil, tenant ce qui toujours semblait être le même livre, et lorsqu'il apercevait Oriana, il refermait le livre et souriait, et Mrs. Neville l'invitait à entrer.

Mr. Neville était un érudit, expliqua Mrs. Neville à Oriana, bien qu'il ne soit jamais allé à l'université, et il lisait le latin et le grec. Il faisait même des calculs différentiels. Et il n'était pas sorti de la maison depuis ces trente dernières années, ne serait-ce que pour aller sur le perron, parce que même une légère brise pouvait être dangereuse pour sa constitution.

Au mois de décembre, les Neville envoyaient des cartes de Noël à tous ceux qui avaient séjourné dans leur maison, s'ils connaissaient leur adresse actuelle et si la carte de l'année dernière ne leur avait pas été retournée avec la mention « parti sans laisser d'adresse » ou parfois même « décédé ». Presque quatre cents cartes. Et ils recevaient eux-mêmes des tas et des tas de cartes. Vraiment, une quantité incroyable. Mrs. Neville les fixait avec des épingles sur les rideaux, du sol jusqu'au plafond, et collait les autres avec du ruban adhésif sur les murs de part et d'autre de la cheminée.

Oriana reçut une lettre l'informant que la propriété Deveraux avait été achetée par une banque de Savannah et ainsi donc elle avait été en mesure de suivre les cours de son école à plein temps. Elle préparait son petit déjeuner dans la cuisine au deuxième étage, allait à ses cours qui commençaient à huit heures et demie, et rentrait vers les quatre heures et demie. Après le dîner elle mettait la radio et cherchait une station où quelqu'un parlait afin de faire ses exercices de sténo un moment puis elle écoutait de la musique et lisait jusqu'à ce que ce soit l'heure d'aller se coucher.

Lorsque Oriana obtint son diplôme à la fin de l'année, elle reçut une demi-douzaine d'offres d'emploi — c'était habituellement le cas pour les diplômées de l'école — et elle avait choisi plus ou moins au hasard les Constructions Fergusson. Dans un premier temps ce serait juste un travail de dactylo, lui avait expliqué la dame chargée du recrutement, mais la société Fergusson était une grosse entreprise et il y avait un tas d'occasions d'obtenir de l'avancement. Toutes les nouvelles faisaient d'abord partie du pool des dactylos, mais dès qu'une occasion favorable se présentait, elles étaient nommées à un poste plus important.

Oriana avait gardé sa chambre chez les Neville, même si cela signifiait une demi-heure de trajet en bus et deux changements.

Elle faisait partie du pool des dactylos depuis deux mois lorsqu'elle avait vu Mike pour la première fois. A ce moment elle n'avait pas su qui il était, bien sûr. Elle n'avait jamais vu le président de la société et elle ne connaissait même pas son nom, et s'en fichait éperdument.

Mais elle avait compris que ce devait être quelqu'un d'important à en juger par la façon dont Mrs. Jarris, le chef du pool des dactylos, s'était immédiatement levée de son bureau et avait couru vers lui pour voir ce qu'il voulait.

Il était resté là un moment, à regarder les filles, puis il avait dit quelque chose à Mrs. Jarris et était parti.

Mrs. Jarris était venue vers Oriana et lui avait dit qu'elle devait se rendre dans le bureau du président parce qu'il voulait qu'une fille lui tape quelques lettres. Et Gretchen, qui occupait le bureau voisin du sien, avait grimacé un sourire. « Amuse-toi bien, ma chérie. »

Oriana avait pris l'ascenseur et était entrée dans le bureau de Mike, et il lui avait tendu des doubles de lettres, lui demandant de les taper en plusieurs exemplaires. Elle avait demandé combien d'exemplaires et il avait dit que deux ou trois de chaque suffiraient. Il s'agissait de lettres adressées à une société de Buffalo et la correspondance remontait bientôt à un an.

Oriana avait commencé à taper et Mike s'était assis à son bureau. Il avait parcouru quelques papiers et il avait semblé impatient. Peu de temps après, il s'était levé brusquement et s'était dirigé vers sa machine à écrire. Il s'était tenu derrière elle, la regardant taper, puis il avait posé le bout de ses doigts sur les épaules d'Oriana et avait commencé à parler.

Oriana s'était arrêtée de taper. Elle avait été glacée, se souvenant de la dernière fois que quelqu'un l'avait touchée.

Mike avait dit que tout ce travail était plutôt ennuyeux, n'est-ce pas, et s'ils allaient plutôt déjeuner quelque part. C'était presque l'heure, de toute façon. Peut-être quelques verres ensuite et il connaissait un endroit tranquille. Peut-être ne reviendraient-ils pas au bureau de toute la journée.

Oriana avait levé les yeux vers lui et dit non. Il l'avait regardé d'un air surpris, avait rougi, puis avait dit : « Au diable ces lettres à taper. Fichez le camp. »

Elle était redescendue au rez-de-chaussée et lorsqu'elle s'assit à son bureau, Gretchen avait dit : « Mince alors, c'était du vite fait. »

Je vais me faire renvoyer sur-le-champ, avait pensé Oriana. Il va téléphoner à Mrs. Jarris et je vais me faire renvoyer et il faudra que je cherche un autre travail.

Le téléphone sur le bureau de Mrs. Jarris avait sonné et Mrs. Jarris s'était presque mise au garde-à-vous tandis qu'elle écoutait. Puis elle avait hoché la tête et raccroché. Elle était venue vers Gretchen, lui avait parlé, puis était repartie vers son bureau.

Gretchen avait ramassé son sac à main et fait un clin d'œil à Oriana. « Tu as laissé passer ta chance, trésor. Je sais qu'il adore mon doigté. »

Mrs. Jarris avait rapporté à Oriana du travail à faire et Oriana avait été étonnée. « Je ne suis pas renvoyée ?

— Non, ma petite, avait dit Mrs. Jarris gentiment. Vous n'êtes pas renvoyée. »

Le lendemain, Mrs. Jarris était venue la trouver à nouveau. « Mr. Hegan aimerait vous voir dans son bureau. »

Oriana avait secoué la tête. « Je n'irai pas. »

Mrs. Jarris l'avait dévisagée. « Mr. Hegan a dit qu'il voulait s'excuser pour les propos déplacés qu'il avait pu tenir la dernière fois. » Puis elle avait soupiré. « Oriana, je ne vous dis pas que je risque de perdre ma place si vous n'allez pas là-haut, parce qu'il n'en est rien. Mais, dans votre intérêt, pourquoi ne pas aller là-haut et au moins écouter ? Qui sait, vous apprendrez peut-être une bonne nouvelle. Et vous avez toujours la possibilité de ressortir si vous n'aimez pas ce que vous entendez. »

A contre cœur, Oriana était montée jusqu'au bureau de Mike et cette fois il avait laissé la porte ouverte. Il avait commencé par lui présenter des excuses immédiatement. Il lui dit qu'il regrettait sincèrement tout ce qu'il avait pu dire qui l'avait offensée, la dernière fois.

Mais il avait bu. Bien que cela lui arrive très rarement. Il avait eu des soucis concernant ses affaires et il s'était oublié, tout simplement. Il promit que cela ne se reproduirait jamais plus.

Il lui dit que sa secrétaire particulière — cette dame aux cheveux grisonnants dans l'antichambre, assise derrière la machine à écrire électrique — allait bientôt prendre sa retraite et qu'il aurait besoin d'une remplaçante. Le travail qu'il proposait à Oriana était payé deux fois plus que ce qu'elle gagnait dans le pool des dactylos. Et elle lui avait été recommandée parce qu'elle était une employée assidue et consciencieuse. Ce poste comportait des responsabilités qui nécessitaient une certaine intelligence et il était sûr qu'elle serait à la hauteur.

Elle avait écouté et l'avait observé et n'avait pas vraiment cru ce qu'il disait. Mais elle avait eu l'impression de voir également autre chose. Il ne la toucherait jamais plus à moins qu'elle ne le lui permette. Et elle ne le lui permettrait pas.

« Entendu, avait-elle dit. Je vais essayer. »

En fait, elle n'avait pas eu grand-chose à apprendre. Mike semblait se décharger de la plus grande partie du travail sur d'autres personnes et il se contentait de prendre une décision de temps en temps et Oriana soupçonnait que c'était toujours la décision que ses collaborateurs attendaient de lui. En conséquence, Mike avait eu du temps libre pour bavarder avec elle et lui parler de Laurie et de Henry et d'Eve, à tel point qu'elle avait presque l'impression de les connaître personnellement.

Mike lui avait posé des questions sur elle-même, mais elle lui en avait dit le moins possible. Cependant, un matin, elle s'était surprise à parler — évoquant certains moments agréables lorsqu'elle vivait sur l'île. Elle ignorait depuis combien de temps elle parlait, mais brusquement elle avait réalisé ce qu'elle faisait et elle s'était tue.

Quelques semaines passèrent, puis Mike était arrivé au bureau un matin et avait dit : « J'ai beaucoup réfléchi à l'île où vous avez vécu, Oriana. Je vais aller là-bas et y jeter un coup d'œil par moi-même. »

Elle avait été surprise, bien sûr. « Mais pourquoi?
— Les affaires, Oriana. Les affaires. J'ai de grands projets concernant les îles et certaines idées sur la façon de gagner beaucoup d'argent. Pourquoi ne viendriez-vous pas avec moi, pour me servir de guide? »

Oriana n'avait jamais formé le projet de retourner sur l'île. L'île appartenait au passé, à une époque révolue. Et pourtant...

Mike s'était empressé de sourire. « Nous aurons des sièges de chaque côté de l'avion et je prendrai des chambres séparées dans tous les hôtels où nous descendrons. Ceci n'est pas une proposition. Et je puis fournir une demi-douzaine de certificats de bonne vie et mœurs si vous le désirez. »

Ils avaient pris l'avion jusqu'à Savannah et loué un bateau pour se rendre sur l'île.

Ils avaient accosté à la jetée Deveraux et elle avait trouvé la maison quasiment inchangée depuis le jour où elle était partie — juste un peu plus vieille et le faîte du toit s'affaissant un peu plus. La chambre à coucher de sa mère et la cuisine étaient toujours habitables et il y avait encore un grand nombre de bouteilles de cognac à la cave.

Elle avait eu envie de continuer vers l'intérieur de l'île, d'aller jusqu'aux ruines de la plantation Forrest. Elle avait eu envie de se tenir là, laissant voguer ses pensées, comme elle l'avait fait si souvent après que Pitts eut quitté l'île. Mais elle désirait le faire seule et c'est pourquoi elle n'avait même pas proposé à Mike d'aller jusqu'à la propriété des Forrest.

Tandis qu'ils repartaient vers le bateau, Mike avait dit : « La demeure des Deveraux devait être splendide lorsque vous étiez une petite fille. »

Il n'en avait rien été, bien sûr, mais elle avait juste acquiescé de la tête.

Ils avaient regagné le continent où Mike avait réservé deux chambres dans l'un des meilleurs hôtels de Savannah puis il l'avait laissée en disant qu'il avait une affaire à traiter en ville.

Oriana ne l'avait pas revu jusqu'au lendemain, en fin d'après-midi, lorsqu'il sonna à la porte de sa chambre. Il avait été tout souriant, quasiment souriant jusqu'aux oreilles, et elle comprit qu'il avait bu, mais il était resté dans le couloir.

« Oriana, nous sortons ce soir pour fêter ça.

— Fêter quoi ?

— Je vous raconterai tout au cours du dîner. »

Il l'avait emmenée au restaurant et lorsqu'ils furent assis, il lui avait demandé si elle désirait boire quelque chose pendant qu'ils attendaient qu'on les serve.

Elle avait dit non, mais il avait commandé pour lui. Un double whisky.

Il avait commencé à parler. « Je n'ai pas cessé de me rendre d'un endroit à l'autre. Il se trouve qu'une banque de Savannah possède la moitié de l'île. L'autre moitié est au nom d'un certain Forrest. J'ai eu l'impression que la banque considérait que la propriété était invendable, c'est pourquoi ils étaient tout à fait disposés à m'écouter lorsque je leur ai fait une offre. Oriana, j'ai acheté la maison Deveraux. »

Oriana l'avait regardé fixement et avait attendu.

« Je crois bien que je suis tombé amoureux de cette île, Oriana. Bien que je ne l'aie vue qu'une seule fois. J'ai l'intention de restaurer la maison Deveraux. Votre maison. Et lorsque j'aurai fini, elle aura exactement l'apparence qu'elle avait le premier jour où quelqu'un l'a habitée. Bien mieux. Et j'ai pris des options pour acheter plus de terres. Autant que je veux. Peut-être qu'un jour je rachèterai même la moitié appartenant à Forrest. »

On lui avait apporté son whisky. « Pourquoi cette île ne retrouverait-elle pas sa splendeur d'antan, Oriana ? Je ne parle pas de coton ou de riz. J'ai en vue de belles maisons, des terrains de golf, des marinas. Il suffit d'un peu de publicité et cela pourrait rapporter beaucoup d'argent. »

Oriana l'avait écouté parler et pensa, peut-être a-t-il réellement l'intention de faire toutes ces choses pour l'île, mais ce n'est pas pour cette raison qu'il a acheté la maison où je suis née. Ce n'est pas pour cette raison qu'il va dépenser un tas d'argent pour lui redonner l'aspect qu'elle avait, selon lui, lorsque je vivais là. Oriana avait ressenti de la tristesse parce que maintenant elle réalisait à quel point il désirait lui plaire. Mais il y avait eu autre chose également. Maintenant elle discernait quelque chose au-delà de la maison Deveraux. Et cela changeait tout.

Après le dîner ils étaient retournés à l'hôtel et lorsque Mike s'était attardé sur le pas de sa porte, attendant et lui disant à nouveau que la maison Deveraux retrouverait sa splendeur de naguère, elle lui avait demandé d'entrer pour prendre un dernier verre.

Elle avait appelé le service des chambres et commandé une bouteille de whisky, une bouteille de cognac, de l'eau gazeuse et de la glace.

Le garçon avait apporté le plateau et elle s'était servi un petit verre de cognac, pour commencer, parce qu'elle n'avait encore jamais bu de cognac et qu'elle ne savait pas à quoi s'attendre.

Plus tard cette nuit-là, après que Mike se fut endormi à côté d'elle, elle s'était levée et avait pris une longue douche.

Puis elle s'était assise dans un fauteuil et avait commencé à songer à l'île.

Cela demanderait beaucoup d'argent pour reconstruire la demeure des Forrest. Beaucoup, beaucoup plus d'argent que pour restaurer la maison Deveraux.

Et pourquoi ne pourrait-elle pas être reconstruite ? Il y avait certainement des plans quelque part. Peut-être dans le bureau poussiéreux d'une étude. Et elle se souvint de tous les objets qui faisaient partie de la maison — les meubles, les lustres, les miroirs, le moindre objet. Cela demanderait beaucoup d'argent. Beaucoup.

Elle avait regardé Mike qui dormait. Non, c'était un projet trop important. Elle ne pouvait pas lui demander cela maintenant. Mais elle attendrait et le moment viendrait. Qu'il commence par restaurer la maison Deveraux.

Lorsqu'ils retournèrent dans le nord, elle avait déménagé et pris un appartement plus proche des bureaux de la société. Mike avait voulu lui acheter un manteau de fourrure, mais elle avait dit non. La seule idée de porter un manteau de fourrure la mettait mal à l'aise. Peut-être était-ce seulement parce qu'elle était originaire du Sud où l'on n'en voyait pas très souvent. Ou peut-être ce manteau de fourrure était-il à ses yeux le symbole trop évident de ce qu'elle était devenue.

Mike s'était attendu à ce qu'elle quitte son emploi, mais elle avait insisté pour le garder. Elle préférait faire quelque chose d'utile plutôt que de rester cloîtrée dans un appartement, à attendre.

Et puis, un jour, Laurie avait fait son apparition dans le bureau.

Mike se trouvait ailleurs dans le bâtiment et Oriana était seule. Elle n'avait encore jamais vu Laurie, bien sûr, excepté sur des photos.

Cette situation avait été extrêmement gênante. Oriana n'avait vraiment pas su quoi faire ou dire. Et elle s'était demandé pourquoi Laurie était ici.

Laurie l'avait considérée.

« Ainsi Mike a l'intention de s'acheter une île?

— Oui, avait dit Oriana. Je le pense.

— L'endroit où vous êtes née et avez grandi? »

Oriana avait senti qu'elle rougissait. « En effet. »

Laurie avait souri. Chose étrange, cela avait été un sourire aimable et Oriana avait pensé, pourquoi lui ai-je fait ça.

« Vous êtes très jolie, avait poursuivi Laurie. Une peau blanche et délicate, de magnifiques cheveux noirs. Pas du tout comme moi. Je suis toute rose et blonde. Parfois j'aimerais essayer autre chose. »

Laurie avait jeté un coup d'œil aux papiers posés sur le bureau de Mike. « Mike s'est montré détendu et heureux ces dernières semaines et j'aime le voir heureux. A vrai dire, j'aime que tout le monde soit heureux. Avez-vous fait la connaissance d'Eve?

— Oui. Je la vois presque tous les jours. »

Laurie avait hoché la tête. « C'est vrai, j'oubliais. Elle travaille ici. Dans ce cas, vous devez la connaître un peu. Mais pas beaucoup. Eve ne se livre guère. »

A ce moment Mike était entré dans le bureau et lorsqu'il vit Laurie, il avait hésité, ne sachant pas ce qui s'était peut-être passé ou ce qui s'était peut-être dit.

Laurie avait souri. « Je faisais des courses dans le quartier et l'idée m'est venue d'entrer en passant et de te surprendre. Ta secrétaire me plaît, Mike. C'est une fille très gentille. Et si nous l'invitions à venir passer le week-end à la maison? »

Oriana avait voulu dire non, jamais je ne pourrai faire une chose pareille, mais Laurie avait poursuivi : « Nous pourrons bavarder tranquillement. Je compte sur vous, nous sommes bien d'accord? Je vous attendrai. »

Après le départ de Laurie, Mike avait demandé : « Que s'est-il passé? »

« Absolument rien, Mike, je ne peux pas passer le week-end chez vous. Ce ne serait pas bien. »

Mike avait réfléchi à cela et haussé les épaules. « Ne t'en fais donc pas. Tout ira très bien. »

A la fin de la semaine, Mike était venu la prendre à son appartement et ils s'étaient mis en route.

La maison de Mike était située dans l'une des banlieues résidentielles et ils avaient été arrêtés à un portail par des agents du service de sécurité avant d'être autorisés à pénétrer dans le domaine. Une fois entrés, leur voiture suivit une longue route d'asphalte qui serpentait parmi les arbres. Ici et là, Oriana apercevait les toits de manoirs. Finalement ils s'engagèrent dans une allée qui aboutissait à un ovale devant une somptueuse demeure de style méditerranéen.

Au dîner, Henry et Eve l'avaient observée avec curiosité, sans rien dire, et Oriana s'était sentie très gênée, se demandant ce qu'ils pensaient et s'ils savaient quelque chose.

Mais peu à peu, au cours de la soirée, Oriana s'était détendue, parce que Laurie avait alimenté la conversation la plupart du temps et qu'elle savait vous mettre à l'aise.

Oriana était allée se coucher vers les onze heures. Elle était presque endormie lorsqu'elle avait entendu que l'on frappait doucement à sa porte.

Sa première pensée avait été, Seigneur, je n'ai pas de cognac ici. Puis elle était allée jusqu'à la porte et avait posé sa main sur la poignée, mais elle savait qu'elle ne pourrait pas ouvrir. Elle avait chuchoté : « Pas ici, Mike. Je ne pourrais pas. Pas dans cette maison. »

Elle avait entendu un rire étouffé derrière la porte. Laurie.

Oriana avait fermé les yeux et elle avait entendu Laurie dire : « Ouvrez la porte, Oriana. Rassurez-vous, je ne vous mordrai pas. »

Oriana avait ouvert la porte, se sentant embarrassée et toute penaude.

Laurie avait souri. « C'est exactement ce que j'étais venue vous dire, Oriana. Vous et Mike pouvez faire ça n'importe où, mais pas sous mon toit. Je pense que je devais fixer cette limite, autrement Dieu penserait que cela m'est parfaitement égal. »

Le visage d'Oriana était devenu cramoisi.

« Vous saviez, et pourtant vous m'aviez invitée ici?

— Je désirais vous voir de plus près et plus longuement. J'aimerais découvrir quelle sorte de personne vous êtes. J'ai mes raisons.

— Comment avez-vous appris notre liaison?

— Je m'attendais à quelque chose de ce genre et lorsque j'ai entendu dire que Mike s'était trouvé une nouvelle et jeune secrétaire, j'ai pensé, ça y est. »

Oriana avait détourné les yeux.

« Je pars immédiatement.

— Jamais de la vie! Vous restez. J'ai pensé que je devais vous dire que tout était okay parce que je ne voulais pas que vous ayez mauvaise conscience en pensant que vous m'aviez poignardée dans le dos ou je ne sais quoi. Détendez-vous, Oriana. Tout se passera à merveille.

— Je ne comprends absolument rien. »

Laurie avait souri à nouveau.

« Bonne nuit, maintenant. Faites de beaux rêves. »

Oriana avait été invitée à venir chez eux le week-end suivant et le suivant et bientôt il était rare qu'elle ne soit pas là depuis le vendredi soir jusqu'au lundi matin.

En semaine, elle retournait à son appartement après le travail. Parfois Mike l'emmenait dîner en ville et parfois ils ne sortaient pas. Mais s'il n'était pas là à neuf heures du soir, elle savait qu'elle pouvait ranger la bouteille de cognac.

14

Depuis combien de temps Clara était-elle là-dedans ? Seize heures ? Au moins. C'était certainement suffisant.

Pourtant, il s'approcha prudemment du congélateur. Il colla son oreille au flanc de l'appareil et écouta attentivement. Rien. Il donna de petits coups, presque paniqué à l'idée qu'il puisse entendre frapper en réponse.

Silence.

Il entreprit de retirer les caisses de cognac posées sur le couvercle du congélateur.

Oui, Clara était tout à fait morte. Et congelée. Mais elle avait lutté avant de renoncer. Ses doigts étaient à vif et ensanglantés du fait de ses efforts désespérés, et les deux paniers métalliques dans le logement étaient tordus et arrachés. Ses yeux éteints étaient ouverts et le regardaient fixement, et Bowler se félicita d'avoir bu tout ce cognac avant de venir.

Il fallait qu'il se débarrasse du corps.

Personne ne croirait jamais que Clara s'était réfugiée dans le congélateur pour échapper au tigre et que, d'une façon ou d'une autre, la serrure s'était coincée, que l'appareil s'était mis en marche, et qu'elle était morte de froid.

Bowler s'épongea le front avec son mouchoir. Il allait emporter le corps de Clara à l'extérieur de la maison et le laisser dans les fourrés où le tigre finirait bien par le trouver lorsque la pluie cesserait.

Les tigres mangent-ils des cadavres ? Des choses qu'ils n'ont pas tuées eux-mêmes ? Certains prédateurs ne le faisaient pas. Mais il espérait que les tigres oui. Il l'espérait avec ardeur.

Il dirait aux autres que Clara avait été plus malade qu'il ne le pensait, et prise d'une forte fièvre. Elle avait certainement déliré. Au cours de la nuit, elle avait dû se lever, s'habiller et sortir de la maison. Et le tigre l'avait attrapée.

Mais comment allait-il s'y prendre pour sortir le corps de la cave ? Clara pesait bien quinze kilos de plus que lui et il n'était pas particulièrement costaud. Devait-il la laisser se décongeler d'abord ? Bonté divine ! non. Elle serait un poids mort et s'affalerait de partout. Cela ne ferait qu'empirer les choses.

Non. Il allait la laisser congelée. De cette façon elle devrait être plus facile à transporter. Elle serait rigide. Il aurait une meilleure prise pour la sortir du congélateur. Oui.

Néanmoins, il eut toutes les peines du monde à dégager Clara de là et à la déposer sur le sol.

Il fit une pause pour se reposer un moment. Bon, et maintenant ? Il ne parviendrait jamais à la porter, ce n'était même pas la peine d'essayer. D'une manière ou d'une autre il allait devoir la traîner. Il parcourut la cave du regard jusqu'à ce qu'il aperçoive un rouleau de corde.

Il revint vers le corps de Clara. Devait-il nouer la corde autour de son cou ? Non, cela n'allait pas du tout. La corde pouvait laisser des marques de brûlure. Si le tigre ne mangeait pas cette partie de Clara, les autres se poseraient certainement des questions. Les chevilles ? Non. D'une certaine façon, eh bien, cela semblait manquer quelque peu de dignité et peut-être même cela lui paraissait-il obscène.

Il se souvint de la bâche qu'il avait vue avant de repérer la corde et il alla la chercher. Oui, elle conviendrait parfaitement. La grosse toile comportait même des œillets à travers lesquels il pourrait glisser la corde et la nouer. Il fit rouler Clara sur la toile, replia la toile sur elle, et enroula la corde plusieurs fois autour de son corps.

Il ouvrit la porte de la cave donnant sur le monde extérieur. Il continuait de pleuvoir à verse. Parfait.

Ce fut tout un travail pour tirer Clara sur le sol de la cave et au-dehors. Une fois qu'il eut atteint l'herbe mouillée, il y avait apparemment beaucoup moins de friction, mais il fut confronté à un autre problème. La traction. Tout simplement il n'avait pas suffisamment de force de traction avec ses chaussures à semelle lisse. Il n'arrêtait pas de glisser et de tomber.

Il soupira. Il allait être obligé de retirer ses chaussures et ses chaussettes. Clara avait l'habitude d'aller et venir nu-pieds lorsqu'ils étaient seuls dans la cuisine. Cela l'avait toujours énervé, la vue et le bruit de pieds charnus frottant sur le linoléum et le bois.

Il ôta ses chaussures et ses chaussettes et les posa à côté de lui sur l'herbe mouillée. Il fit un essai, posant ses orteils nus sur le sol détrempé. Ah, c'était plutôt agréable. Il eut un petit rire. Un retour à la vie primitive de temps à autre offrait peut-être certains avantages.

Tirer Clara était plus facile maintenant, bien que l'opération fût toujours d'une lenteur exaspérante. Il allait laisser Clara quelque part au-delà des cabanes des esclaves où le tigre la trouverait inévitablement demain lorsque la pluie aurait cessé. Il semblait être attiré par la maison et le jardin.

Le vent se leva, gémit et lui coupa le souffle. Des bourrasques soudaines le jetèrent presque à genoux, mais il continua de tirer obstinément, plantant ses orteils dans la terre.

Après ce qui lui parut être une éternité, il atteignit finalement la dernière des cabanes. Cet endroit était suffisamment éloigné. Il traîna le corps de Clara derrière le bâtiment, du côté exposé au vent. Même la pluie cinglante tombait presque à l'horizontale juste au-dessus de sa tête sans le toucher.

Il se mit à croupetons et entreprit de défaire son paquet.

Oui, c'était sacrément agréable ici, tout près du sol. Comme s'il se trouvait dans une grotte bien au chaud. Un petit nid douillet.

Il écouta sa respiration bruyante. Et puis il entendit une autre respiration.

Il se retourna et regarda fixement la gueule du tigre.

15

La pluie cessa dans la matinée et un brouillard gris-blanc se forma, venant de la mer.

Laurie et Oriana préparèrent et servirent le petit déjeuner.

— Les Bowler ont disparu, annonça Laurie. Volatilisés, purement et simplement. Où sont-ils allés et pourquoi, je l'ignore.

Henry se servit libéralement d'œufs brouillés.

— Ils ont probablement pensé qu'il y avait un endroit plus sûr dans une autre partie de l'île. Mais je me demande pourquoi Bowler a retiré ses chaussures et ses chaussettes.

Ils attendirent.

— Ses chaussures et ses chaussettes, répéta Henry. Du moins, je pense que ce sont ses chaussures et ses chaussettes. Elles se trouvent juste à la limite du jardin de derrière. On ne peut pas les voir d'ici en raison du brouillard. Je les ai laissées là-bas afin que Bowler, s'il revient, les trouve au même endroit.

Laurie fronça les sourcils.

— Henry, tu es sorti à nouveau?

Il acquiesça de la tête.

— J'ai porté un autre message jusqu'au quai. Je m'étais dit que la première feuille de papier avait probablement été arrachée par le vent au cours de la nuit, et j'avais raison. J'ai mis le nouveau message dans un cadre pour photographie. Protégé par du verre, tu sais. C'est plus ou moins étanche et je l'ai fixé sur l'un des piliers. (Henry regarda vers les fenêtres.) Mais si ce brouillard ne se dissipe pas, ce n'est pas encore aujourd'hui que nous verrons Mike, à mon avis.

— Où est MacIntyre? demanda Laurie. Est-il toujours souffrant?

— Il n'est pas malade, répondit Henry. Du moins pas au sens propre du terme. Il s'est réfugié dans sa salle de bains, la porte fermée à double tour. Les salles de bains sont les endroits les plus sûrs dans cette maison parce qu'elles ont des portes qui empêchent les tigres de voir au travers et de savoir que vous êtes là.

Après qu'ils eurent pris leur petit déjeuner, Laurie porta un plateau au premier.

Dans la salle de séjour, Eve farfouilla dans son sac à tricot et prit des aiguilles à tricoter et de la laine.

Henry l'observa.

— Je ne t'avais encore jamais vue tricoter.

— C'est la première fois que je tricote, Henry, mais j'ai eu envie de m'y essayer. Apparemment, c'est le moment idéal pour ce genre d'occupations. Puisque nous sommes obligés d'attendre.

— Est-ce l'un des sacs à tricot de Laurie?

— Oui, Henry.

— Et que tricotes-tu?

— Rien de précis, à vrai dire. Je m'exerce, c'est tout. Pourquoi cela t'intéresse-t-il tellement, Henry?

— Je ne sais pas. Mais je ne me serais jamais imaginé que tu puisses tricoter un jour.

Laurie les rejoignit. Elle gardait une main derrière son dos.

— Devinez ce que j'ai trouvé.

Elle montra son poing fermé et l'ouvrit.

— Une cartouche pour carabine de chasse, garantie d'origine. J'ai eu l'idée de fouiller dans les poches des vestes de Mike dans la penderie, à tout hasard, et j'ai décroché le gros lot.

Forrest examina la cartouche.

— Je suppose que vous n'en avez pas trouvé d'autres?

— Non. C'est la seule. Une poche de l'une des vestes de Mike était trouée et la balle avait glissé dans la doublure Bon, maintenant vous pouvez tuer notre tigre. Je suppose qu'il y en a vraiment un?

Forrest sourit.

— Vous ne pensez pas qu'il y ait un tigre?

Laurie haussa les épaules.

— A peu près tout le monde a vu le tigre, excepté moi. Peut-être est-ce comme pour les ovnis. Certaines personnes les voient et d'autres ne les voient pas. Sans doute n'ai-je rien d'une tigresse, si vous me permettez cette image.

Henry était sorti de la pièce et un instant plus tard il était de retour, avec la Weatherby de Mike. Il tendit la carabine à Forrest.

— Je pense que vous feriez mieux de vous en charger. Je suppose que vous allez sortir et dépister le tigre?

— Non, Henry. Pas avec une seule cartouche. Nous l'utiliserons seulement si nous y sommes contraints. Seulement si le tigre revient.

Henry acquiesça de la tête.

— A mon avis, nous devrions faire un genre de poste d'observation de la véranda de derrière au premier. Après tout, le seul endroit où nous avons vu le tigre c'était dans le jardin de derrière. S'il revient, nous pourrons le voir plus facilement parce que nous occuperons une position dominante. Sans jeu de mots.

Forrest introduisit la cartouche dans la Weatherby et mit le cran de sûreté d'un coup sec.

— Cette île est vaste, Henry. Il est fort possible que le tigre ne revienne pas rôder par ici.

— Peut-être bien. Mais je pense qu'il n'est pas très loin. (Henry montra du doigt le chien qui frissonnait, blotti contre le talon de Laurie.) Il sent l'odeur du tigre et cela veut dire que le tigre est tout près. Peut-être même surveille-t-il la maison, attendant que quelqu'un sorte.

Forrest regarda le chien.

— Je vais suivre le conseil d'Henry et monter au premier d'où j'aurai une vue parfaite du jardin de derrière.

Forrest s'aperçut que Henry montait l'escalier à sa suite jusqu'à la véranda du premier étage. Forrest prit place dans un fauteuil en osier face au jardin et Henry s'assit dans le fauteuil voisin du sien.

Une légère brise se leva et le brouillard commença à se dissiper peu à peu. Au bout de quelque temps, Forrest eut l'impression d'être à même d'apercevoir les chaussures et les chaussettes de Bowler.

— Les animaux sont curieux, déclara Henry. Tous les animaux. C'est parce que la vie qu'ils mènent est tout à fait ennuyeuse. Même pour eux. Aussi sont-ils curieux lorsqu'ils voient quelque chose de nouveau parce que cela rompt la monotonie. Si vous allez dans les bois et que vous vous asseyez et restez tout à fait immobile, au bout de quinze minutes environ toutes sortes d'animaux dont vous ne soupçonniez même pas la présence sortiront de leurs cachettes pour vous regarder. Le secret c'est de ne pas bouger et de ne pas faire de bruit.

Henry garda le silence un moment puis il dit :

— Au fond, vous êtes un spectateur, n'est-ce pas ?

— Un spectateur, Henry ?

— Oui, un spectateur. Un observateur. Ce que je veux dire, c'est que toute votre vie vous vous êtes contenté de regarder d'autres personnes vivre. Vous n'avez jamais vraiment participé. Vous n'avez jamais été obligé de demander de l'aide ou de venir à l'aide de quelqu'un.

— Etes-vous en train de demander de l'aide, Henry ?

— Non. Il est trop tard pour cela. Je suis trop vieux. L'arbre s'est courbé.

Oui, pensa Forrest, Henry avait sans doute raison. Un spectateur. Un observateur. Comme mon père. C'était un observateur. Toujours effacé, attendant patiemment au cours de ces réceptions interminables que Mère donnait. Debout dans un coin près du mur, souriant poliment, et se demandant quand tout cela allait se terminer.

Lorsqu'il apprit qu'il était gravement malade, son père n'en avait parlé à personne. Il n'avait pas voulu importuner les gens. Ni sa femme. Ni son fils. Il était simplement revenu ici, sans rien dire. La demeure des Forrest n'existait plus, bien sûr, mais il avait loué un chalet sur le continent et avait attendu la mort. Lorsque cela s'était produit, il avait été enterré dans la concession familiale sur l'île. L'avocat de la famille leur avait envoyé des lettres pour leur apprendre son décès — Forrest à son école en Suisse et sa mère à Londres. Elle habitait Rome maintenant, avec son troisième mari.

Henry se pencha en avant.

— Je vois le tigre. Il était là tout le temps. A nous observer. Il a bougé un tout petit peu et le mouvement vous trahit toujours.

— Où, Henry?

— Il se confond avec la végétation, mais si vous regardez fixement l'herbe au pied du premier chêne, au bout d'un moment vous serez à même de l'apercevoir.

Forrest scruta l'endroit pendant presque une minute avant d'être certain.

— Oui, je le vois maintenant.

Forrest leva lentement la carabine de manière à appuyer le canon sur la balustrade de la véranda.

— Vous allez le tuer?

— Je pense que j'y suis obligé, Henry. Nous ne pouvons pas laisser un tigre se promener en liberté sur l'île, vous êtes d'accord?

Henry hocha la tête.

— Vous allez devoir l'abattre, ne serait-ce que parce qu'il a tué Pitts. Lorsque des animaux tuent des êtres humains, ils doivent être tués en retour. C'est la règle. Vous avez l'intention de l'abattre pendant qu'il est couché là-bas? Enfin, soyez beau joueur et attendez qu'il attaque, non?

— Henry, certaines fois on peut se permettre d'être beau joueur et d'autres fois non. Surtout lorsque vous avez en tout et pour tout une carabine Magnum 300 et une seule cartouche.

Henry en convint.

— Si nous participions à une chasse au tigre avec des cartouches en abondance et risquant volontairement notre vie, alors nous serions quasiment obligés de faire montre d'esprit sportif. Mais ce n'est pas le cas. Nous nous protégeons et cela nous donne le droit de tirer au moment de notre choix. Et en outre, je ne pense pas que le tigre attaquera. Il semble très content là où il est.

Forrest visa un point juste derrière l'omoplate du tigre. Il expira lentement et pressa la détente.

Le tigre se dressa d'un bond puis retomba sur le sol, secoué de soubresauts.

Henry alla jusqu'à la balustrade de la véranda.

— Il est mort, sans l'ombre d'un doute. Mort et bien mort. Vous avez vu comme son ventre a l'air gonflé et bien rempli ? Je me demande ce qu'il y a dans son estomac. (Henry sourit.) Je vais dire à MacIntyre qu'il peut maintenant sortir de sa salle de bains en toute sécurité.

16

C'était agréable d'être à nouveau en mesure de laisser les portes-fenêtres ouvertes et de faire entrer un peu d'air frais.

Laurie contempla la lune un instant puis revint vers sa coiffeuse.

Pourquoi diable Mike n'était-il toujours pas revenu ? La pluie avait cessé en début de matinée et le brouillard s'était complètement dissipé. L'après-midi avait été magnifique. Qu'est-ce qui le retenait sur le continent ? Elle épousseta de la main un peu de poudre de riz tombée sur la tablette de la coiffeuse et admira le miroir. C'était vraiment un meuble superbe. Fabriqué sur commande et beaucoup plus cher que tout ce que vendait Jacobi. Même maintenant.

Lorsque Laurie avait appris que Mike s'était marié, elle avait commencé à sortir avec Albert Jacobi et peu de temps après, il lui avait demandé de l'épouser, ce à quoi elle s'était attendue, bien sûr. Elle avait songé à cette éventualité, et déjà pris sa décision, ma foi, pourquoi pas ? Al est un gentil garçon. J'aurais pu faire pire.

Cela avait été un mariage en grande pompe. Pour la réception, ils avaient loué les salons Turnerverein et il y avait eu à manger et à boire en abondance. Un orchestre composé de quatre musiciens joua de huit heures du soir jusqu'à une heure du matin passée — heure à laquelle, selon le règlement du syndicat, ils devaient cesser de jouer. Plus de cinq cents personnes étaient venues, sans compter les enfants, et la journée avait été très réussie.

Le père d'Albert était le propriétaire du magasin de meubles d'occasion sur Vine Street et il fit d'Albert son associé à part entière — c'était son cadeau de mariage. L'entreprise était prospère et pouvait faire vivre deux familles, mais Albert aimait aller de l'avant et c'est pourquoi il parla à son père de son intention d'ouvrir un autre magasin dans le South Side qu'il dirigerait lui-même.

Albert était le genre de personne qui ne vivait que pour le commerce des meubles, du matin jusqu'au soir, et il ne tenait pas en place le dimanche lorsque le magasin était fermé. Ainsi donc les affaires marchaient bien, à tel point que, aujourd'hui, il y avait en ville six magasins de meubles Jacobi et que cinq d'entre eux vendaient uniquement du mobilier neuf.

Elle ne vit pas Mike pendant presque trois ans et puis, un beau jour, il reparut et dit qu'il était passé dans le quartier par hasard et qu'il en avait profité pour rendre visite à de vieux amis.

Il l'invita à dîner et à la fin de la soirée il avait proposé, et si nous prenions une chambre d'hôtel, mais elle lui avait répondu qu'elle était une femme mariée maintenant et peut-être était-ce démodé, mais elle avait juré fidélité à son époux et avait l'intention de tenir sa promesse. En conséquence ils s'étaient quittés bons amis et elle n'avait pas revu Mike pendant sept ou huit ans.

Laurie et Albert étaient mariés depuis six ans et n'avaient toujours pas d'enfants, aussi était-elle allée chez ce docteur dans un autre quartier de la ville, et elle avait appris qu'elle ne pouvait pas en avoir. Cette nouvelle l'avait abasourdie. C'était probablement la dernière chose à laquelle elle se serait attendue, et elle était allée chez ce docteur uniquement parce qu'elle désirait briser la glace afin que Albert aille le consulter également et passe un examen médical.

Elle ne fit pas une dépression ni quoi que ce soit. En fait, elle avait été seulement surprise. Ce fut Albert qui accusa le coup. Albert et son père. Ils pensèrent que c'était la fin de la lignée des Jacobi puisque Albert était fils unique.

Alors Laurie avait dit, pourquoi n'adopterions-nous pas un enfant, ou même deux, mais Albert rétorqua que ce n'était pas du tout la même chose. Ce n'était pas comme une véritable filiation de sang.

Presque deux ans avaient passé et puis ce fut Albert qui reparla de cette histoire d'adoption. Laurie avait dit, d'accord inscrivons-nous sur des listes d'attente, mais Albert avait dit, tu sais quoi, il se trouve que je connais une mère célibataire qui a un petit garçon âgé d'un an et ses moyens ne lui permettent pas de le garder et je pourrais peut-être la persuader de nous donner l'enfant.

En l'occurrence cette mère célibataire était Annie Gardner, que Laurie avait connue au lycée.

Lorsque Laurie vit l'enfant, elle comprit qu'en grandissant il ressemblerait tout à fait à Albert. Et elle se rendit compte que Annie n'était pas du tout ravie à l'idée de se séparer de son petit garçon, aussi s'était-elle demandé combien Albert lui avait offert.

Elle avait réfléchi à la situation. Annie était une gentille fille, courageuse et honnête, et d'une certaine façon lui faisait pitié, ainsi que Albert. Alors Laurie avait trouvé la solution du problème et leur avait dit, est-ce que tout ne serait pas plus simple s'ils regardaient les choses en face : elle allait demander un divorce à l'amiable et Albert pourrait épouser Annie.

Ils s'étaient quittés en excellents termes, Annie fondant en larmes, ainsi que Albert. Laurie obtint le divorce et Albert ne fit aucune difficulté pour lui verser une pension alimentaire.

Il épousa Annie dès qu'il en eut le droit et aujourd'hui ils avaient trois garçons et continuaient de lui envoyer des cartes de Noël.

Ainsi donc, après le divorce, Laurie fut libre et indépendante pendant trois mois environ, lorsque Mike vint à nouveau la voir et lui dit qu'il avait appris pour le divorce.

Ils allèrent dîner en ville et il dit à Laurie que tout allait très bien pour lui. Il était le président de la société maintenant parce que le père de Myra avait trouvé la mort dans un accident d'avion en se rendant à son chalet au Canada.

Elle lui avait demandé comment se portaient Myra et son fils Henry, et Mike avait répondu à merveille, mais il n'aborda plus ce sujet par la suite.

Ils avaient passé la nuit chez elle et dans la matinée Mike avait pris l'avion pour rentrer chez lui. Il téléphona le lendemain et dit qu'il lui avait trouvé un appartement très agréable, ici en ville. Elle avait réfléchi à sa proposition pendant deux jours parce qu'elle n'avait aucune envie de quitter ce quartier où elle connaissait tout le monde, mais finalement elle décida de partir.

L'appartement était vraiment splendide. On avait cette vue sur des centaines de grands immeubles qui étaient tout à fait magnifiques la nuit. Lorsque Mike lui apprit le montant du loyer, elle avait failli s'évanouir. Mais ses moyens le lui permettaient, apparemment, et il lui laissait entière liberté lorsqu'elle désirait s'acheter des vêtements.

Cela avait été une vie de rêve, mais également une vie solitaire. Elle ne connaissait presque personne à qui elle pouvait parler, à l'exception de Mike, et il venait une fois par semaine, parfois deux. Elle commençait à songer à rentrer chez elle lorsque Myra se noya. Personne ne connaissait les circonstances exactes du drame, mais cela s'était passé au chalet, là-bas au Canada. Apparemment, elle était allée jusqu'au ponton de bois pour contempler le lac, et elle avait vraisemblablement glissé, était tombée et s'était noyée. On avait découvert son corps près du ponton le lendemain matin.

Lorsqu'elle vit Mike après les obsèques, elle lui dit qu'elle songeait à rentrer chez elle. Mais Mike avait dit pourquoi ne pas nous marier, qu'en penses-tu — après un laps de temps décent ?

Et c'est ce qui s'était passé et elle était venue vivre dans la vaste demeure de Mike. Il y avait des domestiques et elle fit la connaissance des gens que Mike invitait et qui les invitaient en retour, et c'était toujours des moments très agréables. Personne n'appartenait à ce qu'on pourrait appeler la haute société, mais ils étaient tous dans les affaires, ou dirigeaient des entreprises de camionnage, ou bien des syndicats, et personne, y compris leurs épouses, n'était du genre collet monté.

Lorsque Laurie épousa Mike, Henry faisait partie de la transaction, bien sûr. C'était un gosse calme, portant des lunettes, et il tenait de sa mère. Il ne parlait presque jamais. Non pas que la présence de Laurie lui déplaise, absolument pas. En fait, il semblait l'avoir prise en affection, mais elle ne pouvait pas le prendre dans ses bras. Il était clair qu'il était mal à l'aise lorsque quelqu'un essayait. Bref, il aimait qu'on lui fiche la paix, mais en même temps il aimait bien être auprès d'elle. Juste dans la même pièce, peut-être dans un coin, occupé à lire. Et lorsqu'elle allait dans une autre pièce parce qu'elle avait quelque chose à faire là-bas, il la suivait et continuait de lire.

Elle avait du mal à le comprendre parce qu'elle venait d'une famille où tout le monde était toujours en train de se sauter au cou et de s'embrasser. Elle avait donc décidé d'ébouriffer les cheveux d'Henry environ une fois par semaine. Cela le faisait rougir, mais elle voyait bien qu'il aimait ça — si cela ne se produisait pas trop souvent.

Henry et Mike s'entendaient bien, mais ils ne furent jamais très intimes. Pour dire la vérité, Mike semblait se désintéresser complètement du garçon. Ce fut à peine s'il remarqua que Henry avait terminé ses études au lycée — ce dernier avait été à deux doigts d'être le meilleur élève de sa promotion — et Laurie avait été la seule à assister à la cérémonie de la remise des diplômes.

Henry avait toujours eu de bonnes notes au lycée et on aurait pu penser qu'il se contenterait d'être une « grosse tête », mais il s'essayait toujours à des activités physiques, comme le culturisme et les poids et haltères, bien que Laurie n'ait jamais constaté le moindre changement. Peut-être devint-il plus costaud, mais cela ne se voyait pas. Il resta toujours efflanqué et était d'une taille moyenne.

Il avait même fait partie de l'équipe de football, mais s'était fait virer, juste avant le jour de la photographie officielle de l'équipe, aussi n'avait-il rien pour le prouver. Il fit également de la course à pied. Il se levait de bonne heure, parfois même avant qu'il fasse jour, et il courait pendant des heures, mais il ne courut jamais assez vite pour être admis dans l'équipe du lycée non plus. Il semblait essayer tout ce qui se présentait, et finalement il se prit de passion pour la natation. Cela donna l'impression qu'un jour il était incapable de faire une brasse et que le lendemain il ne vivait plus que pour la natation.

Il gagna toutes sortes de médailles et de trophées pour des épreuves de fond, mais semblait ne pas avoir beaucoup de chance dans des épreuves de vitesse. Laurie était allée à ses rencontres de natation au lycée et il y avait le petit Henry et une demi-douzaine d'autres garçons qui faisaient des aller et retour, d'un bord de la piscine à l'autre, et finalement Henry remportait l'épreuve qui avait probablement duré vingt minutes ou davantage.

Laurie cessa de se brosser les cheveux et baissa les yeux vers Willie.

Le petit chien se tenait dressé, les pattes raides, tout tremblant. Il faisait face à la porte-fenêtre ouverte.

Laurie lui tapota la tête.

— Qu'est-ce que tu as, Willie ? Quelque chose te rend nerveux ? Allons, couche-toi et calme-toi.

Laurie ôta la capsule d'un petit flacon et secoua celui-ci pour en faire tomber deux gélules. Elle les avala en buvant un verre d'eau rempli à moitié.

Quel âge avait eu Eve lorsque Mike l'avait recueillie ?

Treize ans ? Oui, à peu près cela, mais vous aviez l'impression qu'Eve était plus âgée lorsque vous la regardiez. Non pas à cause de ses formes, parce qu'elle n'en avait pas beaucoup à cette époque. Laurie avait déjà un corps bien développé au même âge. C'était quelque chose dans les yeux d'Eve qui la faisait paraître plus âgée.

Lorsque Mike annonça qu'il avait l'intention d'adopter Eve, cela avait été tout à fait inattendu.

« Pourquoi ? » avait demandé Laurie. Elle avait pensé à Albert Jacobi et comment il s'y était pris pour avoir un enfant.

Mike lui avait dit que le beau-père d'Eve, qui était veuf, venait d'être tué dans un accident à l'une des carrières de l'entreprise. « Cette gosse est seule au monde. Elle n'a plus de famille. On va l'envoyer dans un orphelinat si nous ne faisons pas quelque chose. »

Laurie n'était pas dénuée de sentiments, elle avait seulement voulu savoir. « Et alors? Je veux dire, pourquoi tiens-tu tellement à adopter cette fillette ? »

« Je crois que je me sens fautif parce qu'il a trouvé la mort alors qu'il travaillait pour l'entreprise. Et maintenant on va expédier cette gosse dans quelque institution sordide. »

Bien sûr Laurie n'y avait pas cru. Ce sentiment de culpabilité de Mike, ce n'était vraiment pas son genre.

« Elle ne nous gênera pas, avait insisté Mike. Ce n'est pas comme s'il s'agissait d'un nourrisson ou d'un enfant en bas âge. Elle a treize ans. Elle s'est occupée de la maison pour son beau-père pendant des années. Elle passera le plus clair de son temps à l'école et à faire ses devoirs et des choses de ce genre. »

Alors Laurie avait pensé, ma foi, pourquoi pas? Un seul enfant dans une famille est soit une erreur soit un passe-temps. Henry avait peut-être besoin d'une sœur et peut-être étaient-ils déjà parents par le sang.

Laurie se souvint de la première fois où Eve était venue à la maison. Elle s'était arrêtée dans le vestibule et ses yeux avaient tout inspecté et un long moment s'était écoulé avant qu'elle ne se décide à entrer dans le salon.

Laurie avait étudié la fillette et pourtant elle n'avait pas été en mesure de résoudre cette énigme. Entre autres choses, Eve ne ressemblait pas du tout à Mike.

Laurie excellait à repérer ce genre de détails, et tout simplement Eve ne tenait pas de Mike, ne serait-ce que la plus infime ressemblance. Laurie avait commencé à se demander si Mike ne se sentait pas réellement responsable de la mort accidentelle du beau-père de la fillette.

Henry avait dix-sept ans lorsque Eve fut admise au sein de la famille. Son aîné de quatre ans. C'est pourquoi Laurie avait été amenée à penser, que diable! si on parcourt la rubrique des bans de mariage dans les journaux on s'aperçoit que des tas de gens qui se marient ont déjà la même adresse. C'était dans l'ordre des choses et pourquoi pas? Après tout, Henry aurait besoin d'une personne énergique pour le guider dans la bonne direction et elle se rendait parfaitement compte que Eve avait une forte personnalité. Même à treize ans.

Laurie avait attendu son heure et Eve et Henry s'étaient entendus à merveille. Jamais de disputes ou de bagarres. Ce n'était pas dans leur caractère, à vrai dire. Par contre, ils ne donnèrent jamais l'impression d'être vraiment intimes.

Une fois que Eve eut fêté son seizième anniversaire, Laurie se fit un devoir de leur rappeler à tous deux qu'ils n'étaient pas frère et sœur, et elle partait de la maison l'après-midi en leur annonçant qu'elle ne serait pas de retour avant trois ou quatre heures mais autant qu'elle le sache, il ne s'était jamais rien passé entre eux, même pas ne serait-ce que des caresses furtives.

Laurie acheva de se brosser les cheveux. Elle se prépara un whisky-soda et se dirigea vers la chaise longue.

Willie poussa de petits cris plaintifs, ses yeux toujours fixés sur la porte-fenêtre ouverte de la véranda.

— Mais qu'est-ce que tu as? fit Laurie.

Elle sirota son verre. Le cours de la vie était étrange mais cela ne servait à rien de se plaindre. Vous ne saviez jamais ce que l'avenir vous réservait. A la réflexion, personne ne le savait.

Willie se mit à grogner. Il recula jusqu'à ce qu'il se trouve aux pieds de Laurie.

Le tigre apparut dans l'embrasure de la porte-fenêtre et regarda fixement Laurie.

Laurie reposa lentement son verre sur la table basse. Elle sentait son cœur battre. Battre à grands coups.

Seigneur, pensa-t-elle. Nous y voilà! Nous y voilà, enfin!

Le chien commença à aboyer.

17

Mike se réveilla et jeta un coup d'œil à sa montre. Bientôt minuit. Bon Dieu, il était parti depuis presque quarante-huit heures.

Il se demanda ce que les autres pensaient de lui, là-bas sur l'île.

Il soupira.

Mike avait appris très tôt que le vieux Fergusson courait la gueuse sans se priver. Il était toujours sur un coup.

Il se serait volontiers offert de petits à-côtés, lui aussi, mais Fergusson le tenait à l'œil et si Mike avait essayé quelque chose dans ce genre, ce salopard d'hypocrite l'aurait probablement jeté dehors à grands coups de lattes dans le train.

Ainsi donc Mike s'était tenu à l'écart d'autres femmes, mais cela n'avait pas été facile. Et Myra était loin de suppléer à ce qui lui manquait.

Il avait commencé à penser à Laurie et il avait même été tenté de retourner là-bas et de passer une sorte d'arrangement avec elle, mais trop d'intérêts étaient en jeu et il ne pouvait pas prendre le risque que le vieux l'apprenne.

En conséquence il avait attendu que le vieux meure pour revoir Laurie.

Laurie était le genre de femme qu'un homme avait envie de fréquenter. Elle ne se collait pas à vous comme une sangsue. Elle vous prenait comme vous étiez et vous laissait libre comme l'air.

Il se souvint du vieux grenier.

Il l'avait aménagé en apportant un matelas, des oreillers, des couvertures et une radio. Mais il pouvait faire très froid là-haut en hiver et très chaud en été. Il avait été obligé d'ouvrir cette trappe pour aérer un peu le grenier.

Et il avait aperçu ce sacré Jamie, planqué dans cet arbre, pensant que personne ne savait qu'il était là. Il regardait ce qui se passait, les yeux en boules de loto, la langue pendante.

La première fois que Mike l'avait repéré là-bas, il avait voulu se lever d'un saut et faire tomber Jamie de l'arbre. Mais Mike était très occupé à ce moment-là et il n'avait pas eu envie de s'arrêter. Et lorsqu'il eut fini et se fut allongé sur le matelas, il avait pensé, et puis zut, peut-être que Jamie a appris le mode d'emploi.

Et tout bien réfléchi, le fait d'avoir Jamie planqué dans cet arbre et qui vous regardait mettait du piment à la chose. Comme un acteur et son public.

Ainsi donc Mike n'avait rien fait au sujet de Jamie et il n'en avait pas parlé à Laurie. Si elle avait su que Jamie les avait regardés toutes ces fois, elle l'aurait tué.

Et puis un jour Jamie n'avait pas été là. Peut-être avait-il décidé qu'il en avait suffisamment appris et qu'il allait s'y essayer de son côté.

Mike était marié avec Myra depuis trois ans lorsque le vieux Fergusson avait trouvé la mort dans cet accident d'avion. Mike était censé venir avec lui au chalet, mais il s'était décommandé en disant qu'il était grippé.

Lorsque l'hydravion du vieux avait atteint le lac et essayé d'amerrir, l'un de ses flotteurs s'était détaché et Fergusson et une dactylo de l'entreprise avaient été tués sur le coup.

Mike était persuadé que le vieux l'avait couché sur son testament, et c'était le cas. Une somme minable, une centaine de milliers de dollars. Et merde, le vieux et lui s'étaient entendus comme larrons en foire, cela valait plus que cent mille dollars.

Myra raflait tout. Biens immobiliers, bons du Trésor, voitures, l'entreprise, tout le bazar.

Mike s'était demandé ce qu'il adviendrait de l'entreprise, une fois que le fisc en aurait terminé avec la succession de Fergusson, mais le vieux s'était montré prévoyant et avait pris ses précautions en engageant d'excellents avocats, et lorsque les choses se furent tassées, l'entreprise était plus solide que jamais.

Mike avait attendu six mois environ avant de faire savoir à Myra que quelque chose le chagrinait. « Myra, tout bien considéré, je ne suis qu'un employé de l'entreprise. »

Elle avait été surprise qu'il ait ce sentiment. « Mais tu es le président de la société.

— C'est juste un titre honorifique, Myra. En fait, je ne possède absolument rien.

— Mais tout ce que j'ai t'appartient également.

— Je sais que tu le penses sincèrement, Myra, néanmoins j'ai toujours l'impression d'être un employé. » Il avait attendu pendant que Myra réfléchissait à cela.

Puis elle avait dit : « Tu voudrais que la société soit à ton nom, c'est ça ? » Elle avait souri et hoché la tête. « Entendu, Mike. »

Il avait ouvert de grands yeux. Aussi simple que ça ? Le vieux Fergusson avait vu juste. Myra était naïve. Elle était disposée à tout lui céder sans poser plus de questions. Cela l'avait presque mis en colère. « Pas toutes les actions, bien sûr, Myra. Juste assez pour que je sois sûr que c'est bien moi qui porte la culotte. »

Elle avait accepté avec empressement. « Quatre-vingts pour cent, cela suffirait ? »

Mike ne se rappelait pas avoir jamais rougi auparavant. « Disons cinquante-cinq, Myra. Cela devrait aller comme ça. »

Mais il s'avéra que ce n'était pas aussi simple. Le vieux Fergusson avait été un sacré roublard. Tout était immobilisé par ses avocats à tel point que Myra n'avait pas la possibilité de céder quoi que ce soit. Tout ce qu'elle pouvait faire c'était augmenter le salaire de Mike en tant que président de la société, et pas plus de dix pour cent chaque année.

Mike avait décidé de revoir Laurie. Ils n'avaient pas échangé de lettres, aussi ignorait-il ce qu'elle était devenue dans l'intervalle. Lorsqu'il parvint à la localiser, il découvrit qu'elle avait épousé Jacobi.

Mike avait parlé à Laurie et dit qu'il pouvait venir en avion de temps en temps, pour une nuit ou deux, mais Laurie avait dit pas question. Elle était mariée maintenant et elle n'avait pas l'intention de batifoler avec quelqu'un d'autre, point final.

Mike était reparti, très malheureux, mais lorsqu'il apprit que Laurie avait divorcé, il revint.

Cette fois, Laurie l'écouta, et il l'installa dans un bel appartement à seulement vingt minutes en voiture des bureaux de l'entreprise. Mais Laurie ne fut pas heureuse très longtemps. Elle dit qu'elle n'était vraiment pas le genre de personne qui aimait se terrer dans un appartement, entourée d'inconnus, et recevant la visite de Mike de temps à autre, sans jamais savoir quand il viendrait. Elle avait été toute disposée à faire ses valises et à rentrer chez elle, et puis Myra se noya.

Myra était devenue encore plus pâle et taciturne depuis la mort de son père. Avait-elle su pour Laurie? Non, Mike ne le pensait pas.

Il se dit qu'elle avait cette mine parce qu'il ne lui consacrait pas suffisamment de temps, tout simplement. Mais lorsqu'il se trouvait avec elle, il n'avait absolument rien à lui raconter. Pour dire la vérité, elle commençait à lui taper sur les nerfs, avec ses airs de chien battu.

On avait trouvé Myra dans l'eau, au pied du ponton, à l'aube.

Mike avait dit à la police canadienne qu'elle avait dû se lever au cours de la nuit et aller se promener sur le ponton pour contempler le clair de lune. Cela lui arrivait souvent. Et elle n'avait pas regardé où elle posait le pied. Elle avait dû tomber du ponton et se noyer. Elle ne savait pas nager.

Ils lui avaient demandé si elle était déprimée ces

derniers temps et il avait dit non. Elle avait été enjouée et de bonne humeur.

Les policiers avaient demandé comment Myra et Mike s'entendaient. Mike avait dit bien, très bien. Ils ne s'étaient pas disputés une seule fois au cours de leur vie conjugale, et c'était la pure vérité. A cette époque, Henry avait dix ou douze ans, quelque chose comme ça, et il avait écouté. Les policiers l'avaient également interrogé, et il avait confirmé tout ce que Mike avait dit.

A leur retour à la maison, Mike avait acheté une bicyclette à Henry. Ce fut seulement lorsqu'il la donna au gamin qu'il se souvint que Henry avait déjà trois ou quatre vélos.

Mike était allé voir Laurie et lui avait dit que maintenant il pouvait l'épouser. Laurie lui avait appris qu'elle ne pouvait pas avoir d'enfants et il avait répondu que cela n'avait aucune importance. Pourquoi aurait-il voulu d'autres gosses? Henry lui suffisait.

Ainsi donc Laurie et Mike s'étaient mariés six mois plus tard et tout se passa à merveille pendant des années et puis Laurie avait été voir un docteur parce qu'elle ne se sentait pas très bien, et elle avait appris pour son cœur.

Si seulement elle s'était tue et n'avait rien dit à Mike. Mais le fait de savoir pour son cœur et ce qui pouvait arriver à tout instant, cela lui avait causé un choc.

Laurie lui en avait parlé une nuit lorsqu'il s'était levé pour se servir un verre bien tassé.

Elle avait remis sa chemise de nuit. « Qu'est-ce qui cloche, Mike? Je veux dire, quelle est la cause?

— Je n'en sais rien. Des ennuis concernant mes affaires, je suppose.

— Tu ne t'es jamais fait du souci à propos de tes affaires auparavant. C'est mon cœur, n'est-ce pas? Tu as peur que je tombe raide morte pendant que nous faisons l'amour?

— Bon sang, cela pourrait arriver. »

Oui, c'était la vérité. Cela pouvait arriver à tout moment. Il ne parvenait pas à se débarrasser de cette idée. Cela pouvait arriver juste là, au lit, et il contemplerait un cadavre aux yeux grands ouverts.

Laurie avait haussé les épaules. « Le docteur m'a dit que je pouvais continuer de faire l'amour. Il m'a même dit que cela pouvait me faire du bien.

— Qu'est-ce qu'un docteur sait d'une chose comme celle-là ? Il n'est pas Dieu. Il ne peut rien garantir. »

Mais, quelque temps après, Mike avait commencé à se demander si le problème était vraiment le cœur de Laurie. Pouvait-il s'agir d'autre chose? Est-ce qu'il y avait quelque chose qui ne tournait pas rond chez lui à présent ?

Il s'était finalement rendu à la salle des dactylos de l'entreprise. Il n'y était pas allé plus de quatre ou cinq fois par an depuis qu'il avait épousé Laurie. D'ordinaire elle lui avait suffi.

Il avait vu Oriana pour la première fois.

Il avait demandé qu'elle vienne dans son bureau et il s'était débarrassé de Mrs. Jenson, qui avait été la secrétaire de Fergusson et était maintenant la sienne. Il avait pris des lettres au hasard dans un dossier et avait dit à Oriana d'en taper plusieurs exemplaires.

Il l'avait laissée taper pendant quinze ou vingt minutes, tandis qu'il l'observait. Puis il lui avait fait la proposition. Nom d'un chien, cela avait été stupide de sa part, mais il avait pensé qu'elle était comme les autres filles du pool des dactylos et qu'elle savait à quoi s'attendre.

Elle l'avait regardé avec ces yeux foncés, le visage impassible, et avait dit non. Juste un bon Dieu de non.

Il l'avait renvoyée en bas. Mais pour qui se prenait-elle? Il n'avait pas l'habitude de se faire rembarrer par une petite dactylo de rien du tout. Peut-être était-elle le genre de fille qui ne disait pas oui tout de suite mais, bon Dieu, il n'avait pas le temps de patienter pendant deux jours. Il voulait être fixé sur ce qui lui arrivait, et sur-le-champ. Il avait décroché le téléphone, demandé le pool des dactylos, et fait monter Gretchen. Il savait qu'elle ne ferait pas d'histoires.

Il avait emmené Gretchen manger un morceau et ensuite ils étaient allés dans un motel. Il avait constaté que, en ce qui concernait sa jambe du milieu, tout était parfaitement en ordre et fonctionnait à merveille.

Mais cette satanée dactylo, Oriana Deveraux, le turlupinait. Ce n'était pas une simple question d'orgueil froissé. De cela il pouvait s'en remettre. Mais il y avait quelque chose chez elle qui retenait son attention. Il ignorait ce que c'était exactement, mais il savait que c'était quelque chose qui pouvait durer longtemps. Rien à voir avec des filles comme Gretchen. Bon Dieu, il ne se rappelait même pas quel était son nom de famille.

Le lendemain, il avait fait venir à nouveau Oriana dans son bureau.

La première chose qu'il avait faite, bien sûr, avait été de lui présenter des excuses pour la veille. Il dit qu'il avait bu et que l'alcool lui était monté à la tête. Il dit qu'il ne savait vraiment pas ce qui lui avait pris et que cela ne se reproduirait jamais plus.

Il lui apprit que Mrs. Jenson, sa secrétaire, prenait sa retraite et que Oriana lui avait été recommandée pour la remplacer. Il lui dit qu'être sa secrétaire particulière était une occasion inespérée et ce travail lui plairait-il?

N'importe quelle autre fille aurait sauté sur cette offre, mais elle l'avait regardé et avait réfléchi avant de décider finalement qu'elle voulait bien essayer.

Mike avait décidé de ne pas précipiter les choses avec cette fille. Cela prendrait du temps. Il la laisserait lui raconter sa vie et il écouterait et il trouverait bien le moyen d'arriver à ses fins.

Laurie et lui dormaient toujours dans la même chambre, mais à présent dans des lits jumeaux. Mike avait été incapable de dormir d'un profond sommeil à l'idée de se réveiller un matin et de trouver un cadavre à côté de lui. De temps à autre, Mike se demandait s'il ne devrait pas essayer à nouveau, et puis il se disait qu'il n'avait aucune envie d'endurer tout cela encore une fois et il allait se coucher.

Il se posait des questions au sujet de Laurie. Comment

prenait-elle le fait d'être sevrée ? Particulièrement une femme comme Laurie. Elle était vraiment faite pour ça. Il avait commencé à se demander si elle s'en passait vraiment, complètement. Y avait-il quelqu'un qui ignorait qu'elle était cardiaque, ou bien qui s'en moquait éperdument ?

Cela l'avait tracassé suffisamment pour qu'il engage un détective privé. Mais ce dernier n'avait rien trouvé. Absolument rien.

Un jour, Mike avait carrément abordé ce sujet et demandé à Laurie comment elle faisait pour supporter cette situation.

Elle avait répondu que c'était comme le café. Les gens pensent qu'ils ne peuvent pas vivre sans café et puis un jour leur docteur leur dit qu'ils doivent arrêter. Alors ils ne boivent plus de café et les tout premiers jours c'est l'enfer. Mais ensuite, petit à petit, cela ne leur manque plus du tout. Et au bout de quelque temps ils commencent même à se demander pourquoi diable les gens boivent du café.

Mike n'était pas parvenu à savoir si elle le faisait marcher ou non.

Dans l'intervalle, il avait été obligé d'avoir recours aux filles du pool des dactylos ou bien il entrait dans un bar et voyait ce qu'il pouvait ramasser.

Au bureau, il avait essayé d'amener Oriana à parler de sa vie passée. Mais elle ne lui avait jamais dit grand-chose. Encore aujourd'hui, tout ce qu'il savait à son sujet c'est qu'elle était née sur l'île et qu'elle en était partie lorsque sa mère était morte.

Mais chaque fois qu'elle parlait de l'île elle-même ou de certaines personnes qui avaient vécu là-bas, il voyait cet air rêveur apparaître dans ses yeux.

Aussi avait-il trouvé un prétexte pour se rendre là-bas et avoir un aperçu de l'île, et il avait emmené Oriana avec lui. Il avait constaté que la maison Deveraux était dans un état de délabrement lamentable, tout était cassé ou bien recouvert par les broussailles. Personne n'aurait pu y vivre dans ces conditions.

Mais il avait observé Oriana dès l'instant où elle posa le pied sur l'île. Cela lui fit quelque chose. Nous y voilà ! avait-il pensé. C'est l'endroit où elle vit vraiment. L'endroit où elle est née et a grandi. Voilà ce qui fait apparaître cette lueur dans ses yeux.

Et s'il reconstruisait la maison Deveraux ? Qu'elle paraisse comme neuve ? Qu'elle retrouve l'aspect qu'elle avait dû avoir lorsque Oriana avait vécu là ?

Oui, c'était le prix que Hegan avait payé pour avoir Oriana.

Il alluma la veilleuse d'une chiquenaude et se leva. Il se servit un verre et considéra Mary Lou.

Il décida de la réveiller.

18

Les aboiements du chien réveillèrent Forrest.

Il ouvrit les yeux juste à temps pour voir le tigre passer rapidement devant sa porte-fenêtre ouverte. Il resta immobile quelques instants, assis sur le lit, figé, puis il se ressaisit et se leva en toute hâte.

Sa première idée avait été de fermer la porte-fenêtre et de pousser le verrou immédiatement, puis il se rendit compte qu'il devait d'abord prévenir les autres.

Il sortit précautionneusement sur la véranda de derrière et aperçut Henry se tenant près de la balustrade et regardant le jardin en contrebas.

Henry montra du doigt.

— Il a disparu dans les fourrés. Mais il était ici, sur la véranda. J'étais couché et je lisais, et puis j'ai entendu Willie aboyer. Lorsque j'ai levé les yeux, j'ai vu le tigre filer à toute allure. Je suis sorti sur la véranda en courant, mais entre-temps il était parti.

Henry scruta le jardin à nouveau.

— Je pense que Willie lui a fait peur et qu'il a déguerpi. Vous savez pourquoi les chiens courent après les chats? Parce que les chats s'enfuient. Seulement, dans le cas présent, le chien a décidé qu'aboyer était suffisant, et on ne peut pas s'attendre à plus de la part d'un seul chien. S'il y avait eu toute une meute, Willie aurait sans doute poursuivi le tigre, mais je suppose qu'il est retourné dans la chambre de Laurie.

Oriana sortit à son tour sur la véranda.

— Mais que se passe-t-il ? Pourquoi Willie aboyait-il de cette façon ?

— Tigre tigre, dit Henry.

Oriana les regarda d'un air stupéfait.

— Un autre tigre ?

Eve les rejoignit.

— Un autre tigre, lui dit Henry. Mais Willie l'a chassé. Il a disparu dans ces fourrés et je vous parie qu'il est toujours en train de courir.

Henry fronça les sourcils.

— Il y a de la lumière dans la chambre de Laurie. Peut-être a-t-elle finalement vu un tigre. Ou peut-être dormait-elle lorsque Willie s'est mis à aboyer. Mais elle devrait être éveillée maintenant. Pourquoi ne vient-elle pas ici pour demander ce qui se passe ?

Tous les quatre remontèrent la véranda et firent halte devant la porte-fenêtre ouverte conduisant à la chambre de Laurie.

Laurie était affaissée contre le dossier de la chaise longue, les regardant fixement, sans ciller. Le chien blotti à ses pieds gémissait et levait les yeux vers elle.

Forrest s'approcha.

— Laurie ?

Le visage d'Henry pâlit.

— Je pense qu'elle est morte. La façon dont elle regarde fixement et ne bouge pas. Sa bouche devrait être grande ouverte, mais sa position dans cette chaise longue empêche cela.

Forrest prit la main inerte de Laurie et chercha son pouls.

— C'est son cœur, déclara Henry. Elle a dû voir le tigre. Mais peut-être pas. Je veux dire, il est possible que son cœur ait cessé de battre avant même que le tigre soit arrivé ici, et que ce soit une simple coïncidence.

MacIntyre, portant une robe de chambre rouge foncé, les rejoignit.

— Que diable se passe-t-il ? Pourquoi cet abruti de chien a-t-il aboyé ? Et pourquoi tout le monde est-il réuni ici ?

Il aperçut Laurie et battit des paupières.

— Elle est morte, dit Henry. Mais nous ignorons depuis combien de temps. Je pense que nous devrions essayer le bouche-à-bouche. La méthode de réanimation, vous savez?

MacIntyre s'approcha de Laurie. Il toucha sa joue.

— Le bouche-à-bouche ne servirait à rien. Elle est morte depuis au moins un quart d'heure.

Henry fronça les sourcils.

— Comment pouvez-vous le savoir?

— Je suis médecin, répliqua MacIntyre d'un ton sec.

Henry soupira.

— Même si nous parvenions à la ramener à la vie, il y aurait des lésions cérébrales irrémédiables. Elle serait réduite à une vie végétative. Je ne pense pas qu'aucun de nous désire cela, n'est-ce pas? Nous ferions mieux de la laisser ainsi, en paix, et de nous souvenir de Laurie telle qu'elle était de son vivant.

MacIntyre se tourna vers Forrest.

— Laurie était cardiaque. Nous le savions tous. Cela aurait pu se produire à tout moment. N'importe quand. Peut-être a-t-elle eu un genre de choc.

Henry eut l'ombre d'un sourire.

— Vous n'êtes pas au courant, MacIntyre? Il y a un autre tigre en liberté sur l'île. Les aboiements de Willie l'ont fait fuir pour cette fois, mais Forrest et moi l'avons vu.

Une lueur d'effroi apparut dans les yeux de MacIntyre.

— Un autre tigre? Combien de tigres y a-t-il donc?

Henry haussa les épaules.

— Tigre tigre. Lorsque les Chinois veulent dire plus d'un, ils répètent le mot. « Tigre tigre ». Mais cela n'indique pas leur nombre.

La voix de MacIntyre se fit rauque.

— Où diable est passé Mike? Pourquoi ne revient-il pas pour nous emmener loin de cette île de malheur? il aurait dû revenir cet après-midi. Il n'y a pas de brouillard ou de pluie. Et le temps est parfaitement dégagé maintenant. Il peut faire la traversée aussi facilement de nuit qu'en plein jour.

— Il lui est peut-être arrivé quelque chose, fit remarquer Henry. Peut-être n'a-t-il jamais atteint le continent. Son moteur est tombé en panne et il dérive en ce moment au milieu de l'océan. Ou bien le bateau a coulé et Mike s'est noyé. C'est horrible de mourir noyé, vous savez. Ou peut-être, tout simplement, n'a-t-il pas envie de revenir sur l'île pour le moment.

— Pourquoi n'aurait-il pas envie de revenir? s'enquit MacIntyre.

— Je l'ignore. J'ai seulement dit que c'était une possibilité.

MacIntyre semblait proche de la panique.

— Qu'allons-nous faire alors? Nous n'allons tout de même pas attendre que ces tigres nous tuent l'un après l'autre. Mike peut très bien ne jamais revenir.

Eve lui lança un regard glacial.

— Vous avez des suggestions?

MacIntyre battit des paupières comme il pensait à quelque chose puis il regarda Henry.

— Oui, tout à fait. Pourquoi Henry ne nagerait-il pas jusqu'au continent pour demander de l'aide? Il a déjà nagé beaucoup plus loin que cela. Beaucoup plus loin.

— Oui, dit Henry doucement. Beaucoup plus loin.

— Je suis surpris que tu ne te sois pas proposé de toi-même pour cette tâche, Henry.

Henry ne répondit pas.

MacIntyre fronça les sourcils.

— Y a-t-il une raison pour laquelle tu ne veux pas aller chercher des secours? Tu as envie que ces tigres nous massacrent tous?

Henry soupira.

— Entendu. Si Mike n'est pas revenu d'ici demain matin, j'irai.

MacIntyre insista.

— Pourquoi attendre demain matin? Plus tôt nous recevrons des secours mieux ce sera. L'eau est toujours de l'eau, que ce soit le jour ou la nuit. Et tu ne peux absolument pas te perdre. Les lumières sur le continent laissent une lueur à l'horizon. Il te suffit de nager dans cette direction. Cela ne devrait pas te demander trop de temps pour nager jusque-là.

Henry esquissa un sourire.

— Et si le tigre m'attrape avant même que je sois arrivé sur la plage ? Et s'il est tapi à proximité de la maison, en ce moment même, à m'attendre ?

— Tu peux emporter un genre de torche, répliqua MacIntyre. Les animaux ont peur du feu.

Henry continua de sourire.

— MacIntyre, vous êtes d'accord pour porter cette torche et m'accompagner jusqu'à la plage ?

MacIntyre rougit.

— Inutile de risquer plus de vies que nécessaire. Emporte cette torche jusqu'à la plage et commence à nager, c'est tout. Je ne vois pas pour quelle raison tu ne pourrais pas faire cela tout seul.

Henry jeta un regard à la ronde.

— Si personne ne vient avec moi jusqu'à la plage, comment saurez-vous que je nage vraiment vers le continent ? Je pourrais très bien me cacher quelque part sur l'île et attendre que le tigre vous ait tous tués. Pour mes propres raisons secrètes.

— Henry, intervint Oriana, si tu n'as pas envie de nager jusqu'au continent, tu n'es pas obligé de le faire. Nous ne courons aucun danger si nous restons dans la maison.

Henry réfléchit quelques instants.

— Non, je pense que je dois essayer. Maintenant que nous en avons parlé. Je vais me préparer.

Après qu'il fut sorti de la chambre, Eve se pencha et prit Willie dans ses bras.

— Là, là, lui dit-elle. Tout va bien.

Forrest alla jusqu'au jardin de derrière, ramassa des branchages et bâtit un petit feu. Il posa l'extrémité d'une grosse branche sur les flammes.

Henry le rejoignit. Il avait mis un maillot de bain et chaussé des sandales, et avait pris une lampe électrique.

Forrest retira la branche du feu.

— C'est la première fois que je confectionne une torche, Henry. J'ignore si elle brûlera comme il faut.

— Je n'ai pas besoin d'une torche. Et en outre, je ne crois pas que celle-ci brûlera bien longtemps. il faut la tremper dans de la graisse ou de l'huile, quelque chose qui alimente une flamme malgré le vent.

Les flammes vacillèrent et s'éteignirent.

— J'ai emporté une lampe électrique, dit Henry. Cela devrait suffire pour éclairer mon chemin.

Forrest soupira et rejeta la branche sur le feu.

— Je vais vous accompagner, Henry.

— Ce n'est pas nécessaire. je vous promets d'aller jusqu'à la plage et de nager.

— Je ne vous espionne pas, Henry. Je me sens très courageux, c'est tout, et j'ai pensé que vous ne diriez pas non à un peu de compagnie.

Ils commencèrent à marcher dans la direction de la plage. Au bout de quelque temps, Henry leva les yeux vers la pleine lune.

— Vous saviez que lorsqu'on a peur, plus rien n'est beau ?

— Vous êtes inquiet à propos du tigre ?

— Non, pas le tigre. Absolument pas.

— Henry, laissez tomber tout ça.

— Non, cela ne m'est plus possible. C'est comme la minute de vérité, vous savez. Il faut que je fasse le point.

Lorsqu'ils furent arrivés sur la plage, Henry dit :

— Eh bien, nous y sommes.

— Bonne chance, Henry, dit Forrest. Je sais que vous réussirez.

Henry tendit la lampe électrique à Forrest. Il se défit de ses sandales et entra dans l'eau. Elle lui arriva à hauteur des genoux, à la taille, et puis il nagea.

Forrest attendit jusqu'à ce qu'il ne puisse plus voir Henry à la clarté de la lune, puis il rebroussa chemin vers la maison.

19

Il avait donné sa parole.

Henry sentait les battements frénétiques de son cœur et il avait du mal à respirer. Du calme, se dit-il. Allons, du calme.

Il s'éleva au gré du mouvement languissant de la mer et distingua la lueur rougeâtre à l'horizon, à l'ouest.

Il jeta un coup d'œil par-dessus son épaule vers l'île et le pinceau lumineux de la lampe électrique de Forrest, encore si proche.

Henry se retourna vers la haute mer, frissonnant dans l'eau froide et poisseuse. La mer semblait presque dormir. Juste la longue houle de sa respiration oppressée. La lune blafarde semblait le regarder, l'observer.

Il y avait eu également une pleine lune la nuit après que sa mère se fut noyée. Oui, elle avait été déjà là.

Il s'était allongé sur sa couchette dans le chalet, regardant par la fenêtre et observant les nuages passer rapidement et occulter la lune par moments. Il avait été absolument incapable de s'endormir.

Finalement, il s'était levé et était sorti. Quelque chose l'avait poussé à aller jusqu'au bord du lac, puis sur le vieux ponton de bois. Il avait contemplé l'eau sombre un long moment, écoutant le doux clapotis des vaguelettes contre les piliers.

Avait-il glissé ? Etait-ce ce qui s'était passé ? Avait-il juste glissé ? Ou avait-il eu l'intention de se laisser tomber vers l'eau noire ? Il s'était senti tellement seul alors et la vie lui avait paru insupportable.

L'eau sombre et froide s'était refermée sur lui. Il ne s'était pas débattu. Pas tout de suite. Il avait laissé ses pieds s'enfoncer dans la vase et les algues au fond du lac. Ce serait exactement comme de s'endormir, avait-il pensé. Seulement les ténèbres et ensuite un sommeil paisible.

Mais cela n'y avait absolument pas ressemblé. Oh non.

Il y avait eu finalement cet impérieux besoin d'air. Cette lutte désespérée, terrible, pour respirer. Respirer une dernière fois. Juste une fois. Mais il n'y avait pas eu d'air et la douleur provoquée par l'eau qu'il avait avalée dans ses poumons s'était propagée dans chaque fibre de son corps. Sa tête avait hurlé et son corps s'était contorsionné et avait failli éclater par suite de ses efforts pour trouver de l'air.

Combien de temps avait-il lutté ? Cela avait sans doute duré moins d'une minute. Mais cette minute avait ressemblé à des siècles. Des siècles de terreur et de souffrance.

Et puis ses doigts avaient effleuré l'échelle en bois conduisant au ponton, et il s'y était agrippé frénétiquement. Il s'était hissé en haut des barreaux jusqu'à ce qu'il crève la surface de l'eau. Il s'était cramponné là, suffoquant et vomissant, l'eau jaillissant de ses narines, la douleur lui vrillant le crâne. Et finalement il avait trouvé la force nécessaire pour se traîner sur le ponton. Il y était resté allongé un long moment.

Il faisait un froid accablant et il avait frissonné de façon irrépressible. Lorsqu'il s'était finalement mis sur son séant, il avait levé les yeux vers le ciel et lui avait dit que lorsque le moment de mourir viendrait pour lui, il ne permettrait pas que ce soit par noyade. Ce pourrait être n'importe quoi d'autre au monde, mais il ne mourrait pas noyé.

Henry regarda à nouveau vers l'île. Il ne voyait plus la lueur de la lampe électrique. Personne ne l'observait plus désormais. Il était perdu au sein des ténèbres.

Henry passa du crawl à la brasse. Sa tête était hors de l'eau à présent. Son cœur battait toujours la chamade. Rien ne s'était amélioré si peu soit-il.

L'esprit d'Henry remonta dans le temps jusqu'à son premier jour au lycée. Sa première année au lycée. L'un des professeurs l'avait aidé à préparer son emploi du temps.

« Est-ce que tu sais nager? »

La gorge d'Henry s'était nouée. « Non. »

« Alors nous allons t'inscrire aux cours de natation pour débutants. Chaque élève ici est tenu d'apprendre à nager avant la fin de ses études. »

Les mains d'Henry étaient devenues glacées. « Je suis ici pour quatre ans, n'est-ce pas? Alors pourquoi cette hâte concernant la natation? Je préférerais faire de la gymnastique ou quelque chose comme ça d'abord. Je suis plutôt bon pour la culbute et la gym. »

Le professeur avait haussé les épaules. « Entendu, Henry. Nous te laisserons faire de la gym ce semestre. Mais je te conseille vivement de te débarrasser de cette obligation de savoir nager avant d'être en quatrième année. Certains étudiants remettent cela à plus tard et toujours à plus tard, tu comprends. »

Henry avait commencé à faire des cauchemars à propos de ces cours de natation. Dans ses rêves il était finalement obligé de se présenter devant le professeur de natation qui lui disait de plonger dans le grand bassin. Il se tenait au bord de la piscine, terrifié, pendant que tous les autres le regardaient et attendaient qu'il saute. Dans son rêve, il s'évanouissait habituellement. Pourtant, même inconscient, il les entendait rire aux éclats.

Il avait différé les cours de natation jusqu'au dernier semestre. Mais comme cette date approchait, il avait compris qu'il lui fallait apprendre à nager. Autrement, on ne lui donnerait pas son diplôme de fin d'études.

Il était allé à la bibliothèque municipale et avait pris un livre d'initiation à la natation : « Apprenez à nager en vingt leçons. » Il l'avait lu maintes et maintes fois, à tel point qu'il le connaissait presque par cœur.

Puis il s'était rendu dans une piscine municipale.

L'endroit était rempli de dizaines et de dizaines de gosses qui criaient et couraient autour de la piscine rectangulaire et plongeaient dans l'eau en faisant de grandes éclaboussures.

Il les avait observés et puis il était finalement descendu dans le petit bassin. L'eau lui arrivait seulement à mi-corps, pourtant il avait tremblé violemment. Il avait longé le bord de la piscine jusqu'à ce que l'eau lui arrive à la poitrine. C'était assez loin.

Il s'était accroupi, de telle sorte qu'il avait de l'eau jusqu'au menton, et ensuite il s'était exercé à respirer en suivant les instructions du manuel. Inspirer par la bouche, expirer par le nez.

Au bout d'un long moment, il s'était dirigé vers le bord opposé de la piscine en pratiquant la brasse qu'il avait étudiée maintes et maintes fois.

Et il avait nagé.

Cela avait tenu du miracle, nager dans un sens puis dans l'autre, dans le petit bassin. Il savait nager. Il nageait vraiment. A aucun moment ses pieds n'avaient touché le fond de la piscine.

Il était sorti de la piscine et s'était dirigé vers le grand bassin.

Et alors cela avait commencé. Cette sensation de froid et cette terreur tandis qu'il regardait l'eau bleutée.

Non, s'était-il dit. Non. Je ne suis pas encore prêt pour le grand bassin. Je dois progresser. Beaucoup progresser. Il faut que je m'entraîne encore et encore avant d'essayer.

Il était revenu dans le même établissement presque tous les jours durant les deux semaines qui suivirent, et il s'était entraîné dans le petit bassin.

Finalement, il lui avait été impossible de remettre la chose à plus tard. Il s'était dirigé à nouveau vers le grand bassin. Il s'était approché de l'échelle dans l'angle de la piscine et avait commencé à descendre. Il s'était agrippé aux barreaux, son cœur battant à grands coups.

Devait-il simplement se montrer courageux et s'éloigner du bord? Oui, mais si jamais il arrivait quelque chose? La piscine était bondée. Admettons que quelqu'un plonge juste à l'endroit où il se trouvait? Ou ne fasse que le heurter? Est-ce que cela lui ferait perdre tous ses moyens? Allait-il couler vers le fond de la piscine, suffoquant, cherchant à respirer?

Il s'était agrippé à l'échelle pendant presque dix minutes, puis il avait pris une profonde inspiration, avait fermé les yeux et s'était élancé.

Il avait failli paniquer comme ses pieds quittaient la sécurité de l'échelle et il avait désespérément fait des mouvements de brasse, les yeux fermés avec force, et retenant son souffle.

Cela avait été une surprise pour lui, presque un choc, lorsque ses doigts touchèrent le bord opposé de la piscine. Il avait ouvert les yeux et saisi frénétiquement le barreau de l'échelle sur sa droite.

Son cœur avait continué de battre la chamade, mais à présent c'était également de jubilation. Il avait réussi!

Très vite, avant que le courage lui manque, il s'était élancé de nouveau et cette fois, à mi-parcours, il avait ouvert les yeux. Pour sa troisième tentative, il garda les yeux ouverts tout le temps et même il expira de l'air de ses poumons et inspira.

Il avait fait des longueurs et des longueurs de bassin. Quelqu'un s'était même cogné contre lui et il n'avait pas paniqué. Il savait nager.

Il avait dissimulé ce fait à tout le monde. Et au début du dernier semestre, il s'était inscrit aux cours de natation pour débutants sans éprouver la moindre appréhension.

Maintenant Henry nageait debout, se laissant porter par la houle paresseuse. L'obscurité recouvrait l'île. J'ai toujours eu peur, pensa-t-il. Pas seulement de l'eau. Mais de tout. A l'exception des tigres.

Henry aurait pu être le meilleur élève de sa promotion et prononcer le discours d'adieu. Il n'avait eu que des A dans toutes les matières jusqu'au dernier semestre. Il avait même préparé son discours et le connaissait par cœur. Encore aujourd'hui, parfois il le récitait en entier et se réveillait couvert de sueur.

Mais Henry n'avait jamais prononcé son discours. Il s'était rendu compte, lentement mais sûrement, qu'il ne pourrait jamais monter sur cette estrade et se tenir devant tous ces gens le dévisageant et se demandant qui diable il était. Tous ses camarades de promotion et leurs parents s'impatienteraient dans l'attente de la fin de cette cérémonie ridicule et de ce discours insipide.

Henry savait que Shirley Atkins avait également obtenu des A dans toutes les matières, sauf en gymnastique. Elle pouvait probablement devenir la meilleure élève de sa promotion et prononcer le discours, s'il n'était pas là pour la devancer.

Alors Henry avait moins bien travaillé au cours du dernier semestre et il avait eu des B en géométrie dans l'espace et en biologie, au lieu des A habituels. Il avait été surpris en apprenant qu'il avait eu un A en natation et il avait appréhendé que cela puisse augmenter sa moyenne. Mais par bonheur, Shirley le battit d'un dixième de point, et ce fut elle la meilleure élève de la promotion.

La cérémonie de la remise des diplômes eut lieu en plein air et, tandis que Shirley prononçait son discours, Henry avait observé un petit avion qui volait tout là-haut dans le ciel.

Il avait vu quelque chose tomber de l'avion. Ou sauter. Il avait pensé que c'était peut-être quelqu'un qui se suicidait. Il l'avait regardé tomber et puis il avait vu le parachute s'ouvrir. Il avait observé le parachutiste descendre lentement vers le sol et disparaître derrière des arbres.

Et Henry avait pensé, c'est probablement ce que j'aurais le plus peur de faire, incontestablement. Sauter en parachute.

Cela se passait avant qu'il ait essayé de traverser le lac Cedar à la nage et ait appris la vérité pure et simple sur ses dispositions pour la natation.

Mais si je saute en parachute, avait-il pensé, alors je

n'aurai plus jamais peur de sauter. A tout jamais. Parce que j'aurai fait la chose qui me terrifiait le plus au monde et que j'ai surmonté ma peur.

Henry avait décidé séance tenante de s'inscrire à une école de saut en parachute. On vous apprenait tout ce que vous aviez besoin de savoir et ensuite vous faisiez votre premier saut.

Cette nuit-là, il avait fait toutes sortes de cauchemars — il tombait dans l'espace et la terre se rapprochait de plus en plus et le parachute ne s'ouvrait pas. Il s'était réveillé en sursaut une demi-douzaine de fois, son cœur battant si fort qu'il l'entendait.

Il serait incapable de le faire, s'était-il dit. Sauter d'un avion et tous les autres élèves le regardant. Il serait l'un de ceux qui sont paralysés par la peur au moment de sauter. Il resterait là, ses mains s'agrippant à la paroi et rien ne pourrait le décider à sauter. Rien.

Et puis il avait eu une lueur d'espoir. Et s'il procédait en douceur? Comme il avait fait pour apprendre à nager? S'il faisait ça à sa façon, à son propre rythme...

Le lendemain matin, Henry avait cherché dans les pages jaunes de l'annuaire et trouvé l'adresse de l'une des écoles de saut en parachute. Il avait emprunté la voiture de Laurie et était allé là-bas.

Une fois arrivé au petit aérodrome, il était entré dans le bureau d'accueil et avait dit à la fille derrière le comptoir qu'il désirait suivre des cours de saut en parachute et elle lui avait tendu un formulaire d'inscription.

Henry avait pris un nom d'emprunt et inventé une adresse. Il avait appréhendé qu'elle ne lui demande un certificat de naissance ou ne désire voir son permis de conduire, ou une autre pièce d'identité, mais elle ne l'avait pas fait.

« Combien de temps durent les cours? avait-il demandé. Enfin, j'effectuerai mon premier saut dans combien de temps?

— Les cours commencent ce week-end. Samedi et dimanche. Vous sautez le troisième week-end. »

Henry avait été surpris que ce soit aussi tôt. « Est-il possible d'acheter un parachute ici?

— L'école fournit les parachutes.
— Je sais. Néanmoins j'aimerais en avoir un qui m'appartienne en propre. »

Elle lui avait dit d'aller voir le directeur et lorsque Henry partit, il était le propriétaire d'un parachute. Il le rangea soigneusement dans le coffre de la voiture.

Henry était revenu ce samedi et ce dimanche et le week-end suivant. Il avait écouté attentivement son moniteur et pris des notes et fait toutes les choses qu'on lui apprenait à faire.

Mais, le troisième week-end, il n'était pas revenu. Au lieu de cela, il s'était rendu sur un autre terrain d'aviation.

Dans le petit bureau, il s'était approché d'un homme coiffé d'une casquette d'aviateur qui était accoudé au comptoir et lisait un journal. « Est-ce que vous prenez des passagers? avait-il demandé. Enfin, pour un baptême de l'air, ce genre de choses? »

L'homme avait acquiescé, les yeux fixés sur le parachute que Henry portait en bandoulière. « Vous avez l'intention de sauter? »

Henry avait eu un rire timide. « Non. Mais ma mère a dit que je devais porter un parachute, autrement elle m'interdisait de monter dans un avion. Vous savez comment sont les mères. »

Tandis qu'ils se dirigeaient vers le Cessna 180, Henry s'était efforcé de paraître insouciant et de parler de choses et d'autres, mais il s'était tu en s'apercevant que sa voix était grêle et s'étranglait.

Il avait mis son parachute et vérifié le harnais. Ses mains étaient moites. Le seul fait de monter dans un avion avait toujours terrifié Henry. Il avait toujours appréhendé ces vols en avion pour se rendre au lac.

Henry avait fermé les yeux comme l'avion roulait sur le tarmac et se dirigeait vers la piste d'envol. Une fois qu'ils seraient là-haut dans le ciel, il dirait simplement au pilote qu'il avait finalement décidé de sauter en parachute.

Mais supposons qu'à la toute dernière seconde —

après qu'il aurait annoncé au pilote qu'il allait sauter — le courage lui manque et qu'il ne saute pas ? Que penserait le pilote de lui ? Qu'il était un dégonflé ?

Henry avait eu des sueurs froides.

Non. Il ne dirait rien au pilote. Il allait juste attendre qu'ils aient atteint leur altitude de croisière et ensuite il ouvrirait brusquement la porte et sauterait avant que le pilote réalise ce qui se passait.

Henry avait eu du mal à respirer, comme cela lui arrivait toujours lorsqu'il était terrifié. Il avait regardé par la fenêtre latérale de l'avion.

Et si jamais le parachute ne s'ouvrait pas ? Cela pouvait se produire. Le parachute était resté dans le coffre de la voiture pendant trois semaines. Et si jamais il s'évanouissait de terreur après avoir sauté ? Et qu'il tombe et tombe et ne reprenne connaissance que lorsqu'il serait trop tard pour tirer sur la cordelette de déclenchement du parachute ? Ou bien... supposons qu'il ne reprenne pas connaissance ?

Il avait commencé à trembler violemment et s'était aperçu que le pilote le regardait fixement.

« Quelque chose ne va pas ? Vous êtes pâle comme un linge. »

Henry avait lâché la poignée de la porte. « Sans doute quelque chose que j'ai mangé et qui ne passe pas. »

Il avait fermé les yeux. Il ne sauterait pas.

Lorsqu'ils avaient atterri, Henry avait sauté dans sa voiture et foncé jusqu'au premier bar sur la grande route. Il avait commandé un martini.

Le barman lui avait demandé une pièce d'identité et Henry lui avait montré son permis de conduire. Henry avait eu dix-huit ans trois jours auparavant, alors le barman avait haussé les épaules et lui avait préparé son martini.

Henry avait fini le premier martini qu'il ait jamais bu de sa vie et en avait commandé un autre immédiatement.

Un peu plus tard, il avait commencé à se sentir mieux. Beaucoup mieux. Il ne tremblait plus et lorsqu'il regarda son reflet dans le miroir du bar, il vit que son visage avait repris des couleurs.

Le premier saut. Oui, c'était ça. Le gros obstacle. Faire ce premier saut et ensuite ce serait du gâteau.

Il avait commandé un troisième martini. Il pouvait y arriver. Bien sûr qu'il le pouvait. Prendre le taureau par les cornes. Etre un homme.

Henry finit son troisième martini et acheta une flasque de whisky avant de retourner vers sa voiture.

Il avait fait une quinzaine de kilomètres avant de trouver un autre terrain d'aviation. Il y avait deux Piper Club devant le hangar.

Henry avait ôté la capsule de la flasque de whisky et était parvenu à avaler une grande rasade. Puis il avait remis la flasque dans la boîte à gants. Il avait mis son parachute en bandoulière et s'était dirigé précautionneusement vers deux hommes d'un certain âge qui bavardaient près d'une pompe à essence.

Henry avait eu l'intention de leur demander s'il lui était possible de louer un avion, mais brusquement il s'était mis à transpirer de nouveau. Il avait eu très froid, et s'était senti perdu, et il avait compris qu'il ne sauterait jamais en parachute. Ni maintenant ni jamais. Il n'y avait pas assez d'alcool dans le monde entier pour le décider à sauter.

Henry avait tourné les talons et était reparti vers sa voiture.

Il avait fait un ou deux kilomètres puis s'était rangé sur le bas-côté de la route. Il avait ouvert la portière juste à temps, et ensuite il avait vomi.

Il s'était essuyé la bouche avec son mouchoir et avait refermé la portière.

Puis il s'était mis à pleurer.

20

Oriana était éveillée et écoutait les bruits nocturnes — les grenouilles taureaux, les grillons, le souffle languissant du vent dans les arbres au-dehors.

Et puis ce fut le silence. Même le vent sembla marquer un temps.

Oriana s'assit sur son lit. Elle attendit quelques instants puis se leva. Elle alla jusqu'à la porte-fenêtre fermée et regarda le jardin en contrebas.

Henry apparut dans la clarté lunaire, en maillot de bain. Il marchait lentement, avec peine. Il s'arrêta, leva les yeux vers la maison, puis se laissa tomber sur un banc.

Oriana enfila son peignoir et chaussa des sandales. Elle descendit rapidement l'escalier de la véranda de derrière.

Il leva les yeux.

— Oriana ?

— Oui, Henry.

Henry soupira.

— Il n'est pas ici.

— Qui n'est pas ici, Henry ?

Son visage paraissait blême et hagard.

— Le tigre. J'ai fait plusieurs fois le tour de la maison, mais il n'est pas ici, tout simplement.

— Tu as l'air exténué, Henry.

— Oui, je suis fatigué. Très fatigué. (Il soupira à

nouveau.) Je suis revenu. Je n'ai pas nagé jusqu'au continent.

— Oui, Henry. Je le vois bien.

Les frêles épaules d'Henry s'affaissèrent.

— Je suis tout à fait capable de nager longtemps, très longtemps, Oriana. Je peux nager pendant des heures et des heures. J'ignore combien de kilomètres je peux parcourir à la nage, si j'en ai vraiment envie.

— Oui, Henry.

Il resta silencieux quelques instants.

— Cette nuit j'ai fait cinq ou six cents mètres. Peut-être moins. Et ensuite j'ai été incapable d'aller plus loin. Je t'assure, Oriana, pas un mètre de plus. Et je suis revenu. (Il frissonna.) Je n'avais pas envie de me noyer. Et je me suis dit qu'il y avait peut-être des requins. Mais j'avais surtout peur de me noyer.

— Et si tu montais dans ta chambre, Henry? dit Oriana avec douceur. C'est froid et humide ici.

Henry n'écoutait pas.

— J'ai failli me noyer lorsque j'ai essayé de traverser le lac Cedar à la nage. C'était après que j'eus renoncé à sauter en parachute. Je n'en ai jamais parlé à personne. Que ce soit les sauts en parachute ou le lac Cedar. J'étais décidé à le traverser à la nage. Je n'avais pas la moindre appréhension lorsque j'ai commencé à nager parce que cela représentait une distance de quatre mille cinq cents mètres seulement, et j'avais fait beaucoup plus que cela dans la piscine du lycée. Pourtant, au bout d'environ deux cents mètres, j'ai vu toute cette étendue d'eau qu'il y avait encore devant moi. Et ensuite, lorsque j'ai regardé derrière, j'ai pensé, supposons que je sois pris d'une crampe, je ne serais même pas capable de regagner le rivage. J'ai paniqué, Oriana. Et lorsque tu paniques, tu perds tous tes moyens. Je ne savais plus comment on fait pour nager. Je me serais noyé, mais des gens à bord d'un canot à moteur passaient à proximité, ils m'ont vu me débattre et ils m'ont tiré de l'eau. Alors j'ai compris que je ne serais jamais capable de traverser le lac Cedar à la nage. Ou n'importe quel autre lac. Pas tout seul.

Il la regarda.

— Tu ne comprends pas, Oriana? Mon secret. Je peux faire des kilomètres et des kilomètres à la nage, mais uniquement dans une piscine. Je ne me trouve jamais à plus de deux ou trois mètres du bord. Si je suis pris d'une crampe ou si je suis fatigué, j'ai toujours la possibilité de nager jusqu'au bord. Une si petite distance. Je ne peux me noyer. Et lorsque j'ai descendu le Mississippi à la nage sur presque cent cinquante kilomètres, je me trouvais tout au plus à quinze mètres de la rive. Jamais plus loin. Si j'avais des problèmes, je savais que j'aurais encore la possibilité de regagner la rive.

Henry écarta de son front une mèche de cheveux mouillés.

— J'ai essayé de faire comme si Laurie était toujours en vie. Je me répétais qu'elle était vivante et que cela ne tenait qu'à moi. J'allais lui sauver la vie en nageant jusqu'au continent, coûte que coûte. Mais cela n'a pas marché. J'étais de plus en plus terrifié et c'est tout juste si j'ai réussi à faire demi-tour et à nager jusqu'à l'île.

— Pourquoi cherchais-tu le tigre, Henry?

— Parce que je n'ai pas peur des tigres. Pas peur du tout. N'est-ce pas étrange? Jusqu'à ce jour j'ignorais que je n'avais pas peur des tigres. Je ne m'en étais jamais rendu compte. Mais lorsque j'ai vu le tigre tuer Pitts, j'ai pris conscience de quelque chose. Les tigres sont la seule chose au monde dont je n'ai pas peur. Enfin, on ne peut pas avoir peur de tout. Ce serait injuste. Il y a forcément une compensation. Et pour moi, ce sont les tigres. Si j'avais su cela des années plus tôt, cela m'aurait sans doute aidé. Mais il est trop tard maintenant. Quelle heure est-il?

— Un peu plus de minuit. Henry, pourquoi ne montes-tu pas dans ta chambre?

— Non, je préfère rester ici.

— Je vais te chercher des vêtements, Henry. Tu vas prendre froid dans cette tenue.

Elle monta rapidement jusqu'à la chambre d'Henry et ramassa le pantalon et la chemise que Henry avait jetés dans un coin lorsqu'il s'était changé et mis en maillot de bain. Elle prit également l'une de ses paires de mocassins.

Lorsque Oriana revint dans le jardin, Henry n'était plus là.

— Henry, appela-t-elle doucement. Henry.

Il n'y eut pas de réponse.

21

Après que MacIntyre eut quitté les autres, il retourna dans sa chambre en toute hâte. Il récupéra la couverture, les draps et les oreillers, et les porta à nouveau dans la salle de bains. Il ferma la porte à clé.

Un autre tigre. Un autre satané tigre. Combien y avait-il de ces sales bêtes ? Et comment étaient-ils arrivés sur l'île ?

Et pourquoi Mike n'était-il toujours pas revenu ? Qu'est-ce qui pouvait bien le retenir ? Quand allait-il se décider à revenir pour l'emmener loin de cette île de malheur ?

MacIntyre éteignit la lumière de la salle de bains. On était plus en sécurité dans le noir. Le tigre pouvait être attiré par la lumière. MacIntyre essuya ses paumes moites sur la couverture.

Ce satané tigre se trouvait dehors quelque part. Il était peut-être même en cet instant précis juste de l'autre côté de la porte de sa salle de bains.

MacIntyre reprit ses esprits. Non, c'était impossible. Après tout, il avait fermé et verrouillé les portes-fenêtres. Si le tigre décidait d'entrer dans sa chambre, il y aurait sûrement le fracas du verre et celui du chambranle volant en éclats, ou un autre bruit. Il gloussa nerveusement. Après tout, le tigre n'avait pas de clés. Et il ne pouvait pas tourner des boutons de porte.

Non, le tigre ne se trouvait pas dans sa chambre. Ou

dans la chambre de qui que ce soit. Toutes les portes-fenêtres devaient être soigneusement fermées maintenant qu'ils savaient qu'il y avait au moins un autre tigre. Si un tigre essayait de pénétrer dans la chambre de quelqu'un, il ne manquerait pas d'y avoir du bruit. Des rugissements, certainement. Et des hurlements.

Oui, il y aurait des hurlements. Comme ceux poussés par Pitts. A moins que quelqu'un d'autre ne soit cardiaque, lui aussi.

Depuis combien de temps Laurie était-elle morte lorsque MacIntyre l'avait examinée ? Probablement pas plus de deux ou trois minutes. Mais ils se seraient attendus à ce qu'il pratique le bouche-à-bouche et peut-être aurait-elle commencé à revenir à la vie et il aurait dû continuer...

MacIntyre frissonna. Non. Il ne pouvait pas. Il ne pouvait vraiment pas. Et c'est pourquoi il avait dit quinze minutes. Qu'elle était morte depuis quinze minutes.

Il arrangea les oreillers. Non, le tigre n'était actuellement dans la chambre de personne. Mais peut-être était-il revenu et se trouvait-il sur la véranda ? Tapi là-bas et attendant que l'un d'eux sorte ?

MacIntyre battit des paupières. Le chien.

Le chien avait fait fuir le tigre. Cet horrible petit corniaud. Et Willie semblait toujours savoir lorsque le tigre se trouvait à proximité. Du moins il gémissait et frissonnait. Et lorsque le tigre venait trop près, Willie se mettait à aboyer et le tigre prenait la fuite.

Le chien avait peut-être causé une telle frayeur au tigre que celui-ci se trouvait loin d'ici à présent. Et même s'il revenait, Willie le saurait. Il aboierait de nouveau et le tigre se sauverait.

Mais alors, cela changeait tout ! Oh oui, cela changeait complètement les choses.

MacIntyre jeta un coup d'œil au cadran lumineux de sa montre. Dans combien de temps les autres se recoucheraient-ils pour se rendormir ? Il allait leur laisser deux heures. Peut-être plus.

MacIntyre s'assit dans l'obscurité, les bras croisés autour des genoux, et attendit. Le temps passa lentement, mais il passa.

A deux heures du matin, il se mit debout, déverrouilla la porte de la salle de bains, et jeta un regard prudent vers la pénombre. Il n'y avait rien dans la chambre. Les portes-fenêtres étaient toujours intactes.

MacIntyre sortit de la salle de bains. Il déverrouilla la porte-fenêtre donnant sur la véranda de derrière et risqua un coup d'œil. Rien. Il sortit sur la véranda. Aucune lumière ne provenait des chambres situées le long de la véranda. Parfait.

Il remonta la véranda, sans chercher à se dissimuler mais marchant aussi silencieusement que possible. Il ne devait pas faire de bruit, mais juste dans le cas où quelqu'un l'apercevrait, il ne devait pas donner l'impression de se déplacer furtivement.

Il passa devant la chambre de Laurie et s'arrêta au bout de la véranda. Il s'accouda à la balustrade et fit semblant de contempler le jardin.

Si l'un d'eux était éveillé et l'avait aperçu sur la véranda, il risquait de se montrer curieux et de sortir pour lui demander ce qu'il y avait. MacIntyre dirait qu'il avait cherché le sommeil en vain et qu'il était sorti prendre l'air et que désormais il ne laisserait plus le tigre diriger sa vie.

Il attendit pendant quinze longues minutes. Et encore cinq autres, pour plus de sûreté. Ils devaient tous dormir. Du moins, personne ne l'avait vu s'avancer sur la véranda.

MacIntyre s'avança vers la porte-fenêtre de la chambre de Laurie. Il tourna la poignée lentement. Pourvu que ce satané chien ne se mette pas à aboyer maintenant.

— Willie, appela-t-il doucement. Willie.

MacIntyre se glissa dans la pièce et referma la porte derrière lui. Il poussa le verrou et balaya d'un regard la pièce éclairée par la lune. Willie n'était pas là. L'un des autres avait dû l'emmener.

Le corps de Laurie était étendu sur le lit.

Combien de fois n'avait-il pas pensé à Laurie. De cette façon. Et il avait fantasmé. Oh oui. Tellement, tellement de fois. A tel point que, parfois, il n'avait pas vraiment vu les autres.

Demain Mike serait de retour. Il allait revenir et ferait transporter le corps de Laurie sur le continent. C'était maintenant ou jamais.

MacIntyre toucha le visage froid de Laurie. Il releva ses paupières. Oui, il fallait que les yeux soient ouverts.

Il la regarda fixement, son cœur battant la chamade.

Elle est morte et je sais que ces yeux sont morts. Elle ne peut pas me voir. Elle est morte, exactement comme les autres. Elle ne peut pas me blesser. Elle ne peut pas éclater de rire. Elle ne peut pas comparer. Elle ne peut rien voir, rien faire, ou s'attendre à quoi que ce soit.

MacIntyre se défit rapidement de sa robe de chambre et de son pyjama.

Il sentait la sueur poisseuse s'amonceler sur sa peau. Il se mit à trembler. Le tremblement ne fit qu'empirer. Il ne parvenait pas à le réprimer. Il eut le sentiment qu'il allait pousser un hurlement de frustration.

Pris de panique, il récupéra sa robe de chambre et son pyjama, déverrouilla la porte frénétiquement, et s'enfuit le long de la véranda.

Dans sa salle de bains il attendit jusqu'à ce qu'il ait cessé de haleter puis il enfila son pyjama et sa robe de chambre.

Il aurait pu y arriver. Si tout avait été normal. S'il n'avait pas eu à se préoccuper du tigre. Ou à redouter que quelqu'un ne jette un coup d'œil dans la chambre et ne l'aperçoive. Il aurait pu y arriver.

Si seulement il avait apporté son appareil-photo ici. Oui, cela aurait complètement changé les choses.

Il aurait pu y arriver. Il aurait pu.

Il ramena la couverture sur lui pour se réchauffer et attendit.

Ce n'était pas juste. Ce n'était vraiment pas juste.

22

Henry boitillait à travers la brume matinale. Le sable et les chardons avaient mis à vif ses pieds nus et les ronces laissaient de longues stries rouges sur son torse et ses jambes.

Il fit halte, scrutant le sol devant lui. Le tigre devait être ici quelque part. Quelque part. S'enfuyait-il à son approche ?

Henry s'avança de nouveau. Il atteignit un chemin — un chemin conduisant à un tunnel sombre formé par les branches entrelacées des chênes verts.

Il fronça les sourcils un moment, réfléchissant. Oh oui, le chemin menait aux ruines de la plantation Forrest. Henry y était allé une fois, quelques mois auparavant.

Il suivit le sentier envahi par la végétation, arriva à un coude et aperçut le break sur le bas-côté. Juste garé là. Vide. Qui l'avait amené jusqu'ici ? Probablement Pitts.

Henry allait ramener la voiture jusqu'à la maison Deveraux et tout le monde pourrait monter à l'intérieur et ils seraient à l'abri du tigre.

Mais la clé de contact avait disparu. Vraisemblablement dans une poche de Pitts, où que le corps de celui-ci se trouve maintenant. Pouvait-il relier les fils électriques ou trafiquer l'allumage afin de faire démarrer le moteur ? Non. Henry ne connaissait absolument rien à ce genre de choses.

Deux grands brocs étaient posés sur le plancher du véhicule. Ils étaient remplis d'un liquide incolore. De l'eau ?

Henry distingua des empreintes de pas sur le bas-côté, devant la voiture. Pitts avait garé le break à cet endroit, pour une raison ou pour une autre, puis il était descendu et avait continué à pied.

Henry regarda de plus près. En fait, il y avait deux séries d'empreintes de pas. L'une était celle laissée par Pitts, incontestablement. Mais l'autre ? Impossible d'en déduire quoi que ce soit, sauf qu'elles étaient plus petites et qu'il s'agissait de chaussures à talon plat.

Henry suivit les traces ; de temps en temps, il les perdait de vue à cause du gravier, mais il les apercevait de nouveau trois ou quatre mètres plus loin. Elles s'éloignaient du chemin, conduisant vers les arbres.

Des empreintes plus profondes dans le sol sablonneux et plus rapprochées. Cela donnait presque l'impression que Pitts s'était avancé furtivement vers quelque chose.

Lorsque Henry atteignit les abords de la plantation Forrest, il s'arrêta brusquement et regarda avec stupeur. Deux grandes cages montées sur roues ; leur porte à toutes deux était ouverte et oscillait au gré du vent.

Mais alors, les tigres n'avaient pas nagé jusqu'à l'île ! Ils ne s'étaient pas échappés d'un bateau ou au cours d'un naufrage ! On les avait amenés ici dans ces cages.

Henry s'en approcha. Elles ressemblaient à des cages-chariots de cirque et peut-être avait-ce été le cas. Quelqu'un les avait transportées sur l'île et les avait remorquées vers l'intérieur jusqu'à la plantation Forrest.

Henry regarda à l'intérieur des cages. Des bols d'eau et ce qui ressemblait aux restes de cochons sauvages. Quelqu'un avait amené les tigres ici et les avait nourris et leur avait donné à boire. Pitts ? Etait-ce pour cette raison qu'il avait mis ces brocs dans la station-wagon ? De l'eau ? Et Pitts avait-il abattu des cochons sauvages afin de nourrir les tigres ?

Et qu'était-il arrivé ?

Y avait-il eu un genre d'accident ? Pitts s'était-il soûlé et avait-il par mégarde fait sortir le tigre ?

Non. Ce ne pouvait pas être ça. Pitts avait très bien pu commettre une erreur et un tigre s'était peut-être échappé. Mais deux cages et chacune avec sa propre porte ?

Alors que s'était-il vraiment passé? Pitts ignorait-il que les tigres s'étaient échappés et était-ce pour cette raison qu'il avait été tué ?

Pourquoi quelqu'un aurait-il voulu faire sortir les tigres de leurs cages? Afin de tuer Pitts? Uniquement Pitts ?

Henry fit le tour des cages.

Combien de tigres y avait-il réellement? Y en avait-il eu juste un dans chaque cage? Ou deux? Et maintenant y avait-il trois tigres en liberté? Ou un seul?

En fait, cela n'avait aucune importance. Il n'avait pas peur des tigres. D'aucun tigre au monde.

Henry suivit les traces laissées par l'un des félins et elles le conduisirent à nouveau vers le sous-bois. Les traces étaient probablement anciennes, néanmoins elles le conduiraient peut-être quelque part et il pouvait faire une découverte intéressante.

Ces traces étaient-elles celles laissées par le tigre qui avait tué Pitts?

Henry allait-il trouver son corps? Ou ce qu'il en restait? De toute façon, ce qu'il trouverait serait resté là depuis maintenant deux jours. Avec ce climat les restes seraient boursouflés et dégageraient une odeur infecte.

Henry frissonna. Il serait obligé de les fouiller afin de récupérer les clés du break. C'était son devoir. Et s'il les trouvait, il lui faudrait ramener la voiture jusqu'à la maison.

Mais la piste du tigre conduisait à la maison Deveraux, pas du tout vers l'endroit où Pitts avait été tué.

Henry contourna la maison, restant sous le couvert des arbres. Il avait perdu les traces du tigre dans l'herbe plus touffue, mais lorsqu'il rejoignit le chemin conduisant au quai, il décida de le suivre, grimaçant de douleur comme ses pieds se posaient sur le gravier.

Puis il fit halte.

Il était là. Quelque part, tout près. Henry ne l'entendait pas, et ne le voyait pas, mais il savait qu'il était tout près.

Il quitta le chemin et se dirigea vers le sous-bois, écartant des bras les basses branches des arbres rabougris.

Et aperçut le tigre.

Couché un peu plus loin, il le regardait fixement.

Henry sourit. Salut, le tigre, nous nous rencontrons enfin.

Henry s'avança et fit halte à moins de cinq mètres de l'animal. Le tigre se dressa sur ses pattes.

Henry lui tourna le dos et s'assit en tailleur. Il ôta ses lunettes et les posa sur le sol.

Il fixa la tache floue devant lui. Maintenant, ordonna son esprit.

Maintenant. Maintenant. Maintenant.

Le tigre bondit et ce fut terminé en un instant.

L'animal flaira le corps d'Henry puis recula. Il regarda fixement et continua de reculer. Puis il se tourna brusquement et se mit à courir.

Il bondit à travers les broussailles et arriva sur le chemin. Il courut jusqu'à ce qu'il eut atteint l'océan et il s'arrêta là, battant du flanc. Il regarda derrière lui, toujours intrigué.

Puis le tigre tourna la tête vers la mer. Il aperçut quelque chose tout là-bas sur l'eau. Quelque chose qui approchait et faisait du bruit.

Le tigre repartit vers le sous-bois afin d'observer et d'attendre.

23

Mike s'abrita les yeux de la main. Encore dix minutes et il accosterait.

Il se sentait mieux maintenant. Le whisky produisait son effet, ainsi que les quatre aspirines.

Bon Dieu, il avait trop bu ces derniers jours, mais qu'y avait-il d'autre à faire quand vous étiez obligé d'attendre.

Il avait quitté l'île mardi dernier, dans la nuit. Une fois sur le continent, il avait téléphoné chez *Anchor Sam* pour demander un taxi et il avait pris une chambre dans un hôtel de Savannah. Il s'était accordé quelques heures de sommeil puis avait rejoint Mecklemann et ses gars.

Mecklemann dirigeait le département juridique des Constructions Fergusson et Mike lui avait demandé de venir et d'examiner toute l'affaire.

Mecklemann avait amené avec lui des types très calés sur la promotion immobilière, les investissements et toutes ces conneries, et Mike les avait laissés se débrouiller.

Ils s'étaient même rendus sur l'île, deux semaines auparavant. En fait, ils n'avaient pas besoin de voir l'endroit. Ce qui les intéressait c'était les faits et les chiffres et pour cela il suffisait de consulter les banques et les notaires de Savannah.

Mecklemann était allé droit au but. Il avait dit à Mike qu'il ferait mieux d'oublier ce projet d'acheter toute l'île pour y bâtir des immeubles de luxe et ce genre de choses. De nos jours c'était une trop grosse entreprise pour un seul homme. Mike ne disposait pas des capitaux nécessaires, même en tant que propriétaire des Constructions Fergusson. Si Mike désirait néanmoins poursuivre son projet, il lui faudrait trouver de l'argent ailleurs, et beaucoup d'argent. Et cela signifiait qu'il perdrait probablement le contrôle de l'opération.

Bon sang, Mike avait été soulagé. Oui, sacrément soulagé. Toute cette histoire avait été insensée, pour commencer. Il avait tout bonnement sauté sur cette idée sans réfléchir. Peut-être avait-il su dès le commencement qu'il n'avait pas l'intention d'aller jusqu'au bout. Il avait simplement fait venir les experts ici afin qu'ils le dissuadent de se lancer dans cette entreprise.

Ce qu'il possédait sur l'île était plus que suffisant pour ce qu'il avait en vue maintenant — la propriété Deveraux et une douzaine d'hectares tout autour. Que l'île reste donc telle qu'elle était. Paisible et inhabitée. Il aurait toute liberté pour y aller et venir, et c'était tout ce qu'il désirait en réalité.

Après la réunion, Mike avait pris un taxi et était retourné chez *Anchor Sam*. Il tombait des cordes et tout donnait l'impression que la pluie ne cesserait jamais. Impossible de retourner sur l'île. La mer était forte et la visibilité quasiment nulle.

Mike s'était donc installé dans la salle du bar en espérant qu'une poulette allait s'amener, mais cela avait été le calme plat toute la journée. Cette nuit-là, il avait pris une chambre chez *Anchor Sam* et était monté se coucher en emportant une bouteille.

Il avait ouvert les yeux de bonne heure le matin suivant, se sentant au cent mille dessous. Apparemment, le temps allait être exactement comme la veille et il n'avait foutrement pas l'intention de passer toute la journée et voir peut-être une nouvelle nuit chez *Anchor Sam*. Alors il s'était enfilé deux ou trois rasades de whisky, avait appelé un taxi, et était retourné à Savannah.

Il s'était arrêté au magasin d'articles de sport Randall et avait appris que la Weatherby Magnum 378 qu'il avait commandée avait été livrée. Mike acheta également des cartouches, certaines pour l'autre Weatherby. Il avait utilisé toutes celles qu'il avait sur l'île en tirant sur des cibles et en chassant ces cochons sauvages.

D'après Pitts, les tigres ne raffolaient pas de la viande de porc. Probablement qu'ils n'aimaient pas ce goût de poisson. Ils préféraient presque se laisser mourir de faim plutôt que d'en manger un morceau. Aussi Mike avait décidé qu'il ferait mieux de leur donner de la viande de cheval. Sûr et certain que vous ne nourrissez pas ces bestioles avec des petits steaks et des côtelettes.

Mike avait acheté un congélateur modèle bahut et l'avait fait transporter sur l'île, mais se procurer de la viande de cheval n'était pas facile. Finalement Mike avait trouvé une boucherie chevaline à Savannah et la première expédition aurait lieu dans quelques jours.

A part Mike et Pitts, personne n'était au courant pour les tigres. Pas même Oriana. Il s'était chargé de toute la paperasserie. Si la nouvelle s'ébruitait à propos des tigres ou de ce qu'il avait l'intention d'en faire, il y aurait vraisemblablement des âmes sensibles sur le continent qui tenteraient de l'en empêcher. Et en outre il voulait essayer la chose tout seul avant d'en parler à quiconque.

Et certainement pas à Forrest, surtout pas à Forrest, maintenant que l'affaire ne se ferait pas. Forrest ne serait peut-être pas très content d'apprendre que des tigres se promenaient en liberté sur sa moitié de l'île.

En sortant du magasin d'articles de sport, Mike avait vu que le temps s'était finalement mis au beau. Mais il avait faim, aussi était-il entré dans un restaurant. Après un steak, il avait décidé qu'il prendrait volontiers un verre, et il était entré dans un bar, portant en bandoulière la carabine dans son étui.

C'est là qu'il avait rencontré Mary Lou, au comptoir. Il apprit qu'elle travaillait dans l'informatique, que c'était son jour de congé, et qu'elle cherchait la même chose que lui.

Ils avaient passé l'après-midi à boire et ensuite ils avaient pris une chambre d'hôtel.

Il s'était endormi après, ou peut-être était-il simplement tombé dans le cirage. Il se réveilla très tôt le lendemain matin, juste comme il commençait à faire jour. Le ciel était dégagé, et le moment était venu de retourner sur l'île.

Il s'était senti au cent mille dessous, aussi avait-il bu deux ou trois verres. Lorsqu'il était parti, Mary Lou dormait toujours.

Il avait pris un taxi pour retourner chez *Anchor Sam*, avait descendu quelques verres de plus, avalé des aspirines, et avait mis le cap sur l'île.

Coupant les gaz, il laissa le chris-craft glisser doucement vers le quai. Il avait espéré que quelqu'un l'attendait peut-être sur le quai — c'était toujours la croix et la bannière pour amarrer un bateau tout seul — mais le quai était désert.

Quelque chose était attaché à l'un des piliers. Cela ressemblait à un cadre pour photographie.

Après avoir amarré le cordage de proue et noué le cordage de poupe, Mike lut le message protégé par le verre.

Il jura. Cet abruti de Pitts. Il s'était probablement soûlé et avait laissé l'un des tigres s'échapper. Et maintenant le tigre était là-bas, terrorisant tout le monde.

Mike retourna dans la cabine du cruiser et sortit la Weatherby de son étui. Il introduisit des cartouches dans le chargeur et en mit quelques-unes dans ses poches.

Il descendit du bateau et s'avança sur le quai.

24

Mike se dirigea vers le bar et se servit un verre.

Seigneur, quelle journée.

Ainsi cela avait été l'enfer durant son absence. Comment la chose avait-elle pu se produire? Pitts était-il tellement ivre qu'il avait pensé que ce serait amusant de lâcher le tigre dans la nature? Si c'était le cas, il n'avait pas eu le temps de rire.

Le tigre.

Mike sourit. Seigneur, quel moment inoubliable! Grandiose!

Le félin avait bondi des fourrés et Mike avait juste eu le temps d'épauler sa carabine. Il s'en était fallu d'un rien.

Ce satané tigre avait dû mourir en plein bond. La balle lui avait réduit le cerveau en bouillie. Il avait eu un soubresaut comme s'il se déchirait en deux puis il avait violemment heurté le sol et avait glissé sur le dos deux ou trois mètres. Les félins retombent toujours sur leurs pattes. Sauf les félins morts.

Seigneur, quelle merveilleuse sensation. Tuer l'animal et se tenir là, le contempler juste à vos pieds. Il avait été tenté de s'enduire le visage d'un peu de son sang.

Mike pourrait acheter d'autres tigres. Mais pourquoi s'en tenir aux tigres? On pouvait se procurer n'importe quel animal de nos jours. Mais il devrait se montrer prudent, surtout à partir de maintenant.

Mike but une gorgée.

Il avait tué le tigre, puis il avait marché jusqu'à la maison où il avait appris ce qui s'était passé pendant qu'il n'était pas là. Mais bon sang, il ne savait pas encore tout, en fait.

Il avait été obligé de retourner sur le continent pour prévenir la police et ils avaient envoyé des hommes pour rechercher le corps de Pitts. Ils avaient également trouvé Henry, et les Bowler.

Mike ne comprenait toujours pas ce qui s'était passé avec Henry. D'après Oriana, il avait essayé de nager vers le continent, mais il avait été pris d'une crampe et avait tout juste réussi à regagner l'île. Elle avait dit qu'ils feraient mieux de fouiller l'île parce qu'il errait peut-être quelque part, à demi inconscient.

Ils avaient trouvé son corps. La nuque brisée, mais presque pas d'autres marques sur lui.

La police avait voulu savoir comment les tigres et les cages étaient arrivés sur l'île. Mike leur avait dit qu'il voulait bien être pendu s'il le savait. Pas la moindre idée. C'était une grande île et il n'en possédait qu'une petite partie.

Ils avaient bien été obligés de gober ça. Pitts était la seule personne qui aurait pu leur répondre différemment, et il était mort.

Et les Bowler. Que diable s'était-il passé ? Ils avaient trouvé ce qu'il restait de Bowler. Et sa femme gisant là-bas, enveloppée dans une bâche. Personne n'était en mesure de déterminer la cause exacte de sa mort.

Et Laurie, morte elle aussi.

Ma foi, cela devait arriver, tôt ou tard. Mike espérait que personne n'avait remarqué qu'il ne s'était pas précipité là-haut pour voir son corps.

Bon Dieu, à quoi cela servait-il de contempler des cadavres ? Les cadavres d'êtres humains. Une fois que quelqu'un est mort, c'est terminé. Pourquoi regarder de la viande froide. Ou la toucher. Lorsque vous êtes mort, vous êtes mort, et on devrait vous emporter tout de suite.

Seigneur, il se souvenait de ces foutus enterrements lorsqu'il était gosse. On aurait dit qu'un parent était toujours à l'agonie, et ensuite sa mère le traînait à l'enterrement, lui infligeant ces scènes répugnantes.

Vous restiez assis sur ces chaises pliantes et regardiez le cadavre tout pimpant. Mike avait pris l'habitude de regarder attentivement — prêt à déceler le moindre mouvement. Comme celui d'une respiration, ou une contraction des muscles du visage, et il avait toujours eu peur que le corps ne se redresse brusquement pour marcher lentement vers lui, ses yeux grands ouverts le regardant depuis l'enfer.

Il se souvint des deux corps que Jamie lui avait montrés lorsqu'ils étaient gosses, tous deux âgés de douze ou treize ans. Jamie l'avait mis au défi de descendre au sous-sol de l'entreprise de pompes funèbres. Mike avait rétorqué, pourquoi diable est-ce que j'aurais envie de voir un cadavre ? Et Jamie avait dit, non, bien sûr, si tu as peur ?

Alors Jamie avait fait entrer Mike par la porte de derrière et ils étaient descendus au sous-sol. Il avait allumé les lumières et ils étaient là. Deux corps nus, allongés sur le dos, et les yeux de la femme étaient ouverts. On aurait qu'ils étaient en cire, sauf que vous saviez parfaitement que ce n'était pas le cas. Mike avait dit, bon d'accord, voilà deux cadavres. La belle affaire !

Jamie avait dit, tu n'as pas envie de les toucher ?

Et Mike avait répondu, mais qu'est-ce que tu racontes, toucher des cadavres ? Seules des ordures font une chose pareille, et je ne suis pas une ordure. Comme toi.

Ensuite Mike avait menacé Jamie du poing et dit, si jamais tu racontes à quelqu'un que j'ai eu peur de toucher un cadavre, je te remonte les couilles dans la gorge à coups de pied.

Jamie était devenu tout blanc et avait juré qu'il ne dirait rien, croix de bois croix de fer et le reste.

Néanmoins Mike avait fait des cauchemars à propos de ces satanés cadavres. Ils se redressaient brusquement, leurs yeux immenses et sombres, et ils le poursuivaient en gémissant.

Mike finit son verre et s'en servit un autre.

Il avait fait emporter tous les corps de l'île. A l'exception de celui de Pitts. Il serait enterré ici. Pourquoi dépenser du fric pour l'enterrement de ce salopard?

La vie et la mort. Cela se passait de cette façon. Certains vivent et certains meurent. C'était la destinée. Il aurait très bien pu se trouver dans cet avion lorsque le vieux Fergusson avait cassé sa pipe. S'il n'avait pas été grippé, il aurait été dedans lorsque l'appareil s'était écrasé. Il s'était agi d'un accident, même s'il l'avait souhaité plus d'une fois.

Mais pour Myra, cela s'était passé différemment.

Il l'avait observée, là-bas au bout du ponton éclairé par la lune, les yeux levés vers les étoiles et rêvassant comme le font toutes ces bécasses. Et il avait pensé, bon Dieu, je ne vais pas l'avoir suspendue à mon cou jusqu'à la fin de mes jours. Alors il avait chaussé ses pantoufles et était sorti du chalet en marchant aussi silencieusement que possible.

Elle ne l'avait probablement même pas entendu s'approcher. Il l'avait juste poussée et elle était tombée. Elle n'était pas remontée à la surface une seule fois. Puis il avait rebroussé chemin vers le chalet et avait dormi un peu.

Mike se regarda dans le miroir. Il faut que j'arrête de picoler. Cela commence à se voir.

Combien de temps devrait-il attendre avant de parler à Eve? Connaissait-elle ses véritables sentiments à son égard?

Il n'avait jamais rien dit. Il n'avait jamais tenté quoi que ce soit. Absolument rien. Il ne l'avait jamais touchée et il l'avait toujours respectée, elle et sa personne. Elle était quelqu'un de tout à fait différent. Pas comme ces millions de pouffiasses de par le monde.

Il ne savait pourquoi mais elle lui rappelait quelqu'un. Ou quelque chose. Cela le mettait toujours un peu mal à l'aise parce qu'il ne parvenait pas tout à fait à situer qui ou ce que c'était. Qui sait, elle lui rappelait peut-être une statue.

Ses yeux. Il y avait quelque chose dans son regard. C'était comme s'il vous pétrifiait.

Oui, il allait attendre un an environ et puis il dirait à Eve ce qu'il éprouvait vraiment pour elle et il lui demanderait de l'épouser.

Il se regarda à nouveau dans le miroir. Et si jamais elle disait non?

25

Oriana répandit le contenu du tube en plastique sur sa table de nuit.

La nuit où Forrest était arrivé sur l'île, elle avait mal dormi. Pourquoi n'avait-il pas réglé toute cette affaire par courrier? Pourquoi avait-il tenu à revenir ici?

Supposons qu'il décide de ne pas vendre sa partie de l'île? Mais que pourrait-il faire de la plantation Forrest maintenant? La propriété envahie par la végétation, les ruines, tout cela ne pouvait présenter aucun attrait pour lui.

Elle avait soupiré. Mais peut-être était-ce le cas. Peut-être que nous, les deux dernières personnes originaires de l'île encore en vie dans le monde entier, sommes les seuls à nous en soucier.

Elle avait frissonné. Non, ils n'étaient pas les dernières personnes originaires de l'île. Il y avait aussi Pitts.

En apprenant que Mike avait engagé Pitts comme gardien de la propriété, elle avait été horrifiée. Elle était allée trouver Mike immédiatement et lui avait demandé de le renvoyer.

Mike avait été modérément surpris.

« Que reproches-tu à Pitts?

— On ne peut pas lui faire confiance et il boit.

— Bon sang, je sais qu'il boit. Cela m'arrive également, de temps en temps. Mais tu serais surprise si je te disais à quel point c'est difficile de trouver quelqu'un qui accepte de rester sur l'île toute l'année. Tout ce dont j'ai besoin, en fait, c'est de sa présence physique. Je ne m'attends pas à ce qu'il fournisse un très gros travail. Mais comment sais-tu qu'il boit ? Tu connais cet homme personnellement ? »

Oriana avait été peu disposée à l'admettre. « Oui. Lorsqu'il était le gardien de la plantation Forrest. Jusqu'à ce que la maison ait brûlé de fond en comble et il était peut-être responsable de cet incendie.

— Tu m'as dit que la maison avait été frappée par la foudre.

— Oui, c'est vrai. Ce que je voulais dire, c'est que Pitts a peut-être fait quelque chose lorsque le feu a pris à la maison. Mais qu'il était plus probablement ivre-mort.

— Pourquoi n'a-t-il pas brûlé avec ?

— Il préférait dormir dans l'une des cabanes des esclaves derrière la maison.

— Sais-tu autre chose concernant Pitts ? »

Oriana avait hésité. Mike devenait trop curieux. Même si elle le persuadait de renvoyer Pitts, Pitts était-il le genre d'homme à s'en aller sans rien dire ? Ou bien ferait-il des histoires ?

Oui, avait-elle pensé, il ferait probablement des histoires et cela risquait de changer du tout au tout ses relations avec Mike. Et donc Oriana avait décidé de ne rien dire de plus au sujet de Pitts. Il lui faudrait trouver un autre moyen de se débarrasser de lui.

Le matin suivant l'arrivée de Forrest sur l'île, Oriana s'était levée à l'aube. Elle avait emprunté l'escalier de derrière, traversé l'ancien jardin, et pris une fois de plus la direction de la plantation Forrest. Il y avait eu du brouillard, mais il était peu dense au niveau du sol et elle n'avait eu aucune difficulté à trouver son chemin.

Oriana n'était pas retournée à la plantation Forrest depuis la dernière fois qu'ils étaient tous venus sur l'île, presque deux mois auparavant. Mais toutes les fois qu'elle était ici, elle sortait discrètement de la maison, parfois même la nuit. Elle empruntait l'ancien chemin conduisant à la plantation et elle s'attendait presque à voir à nouveau la demeure des Forrest telle qu'elle avait été lorsqu'elle était une adolescente.

Mais la maison n'existait plus, bien sûr, aussi se promenait-elle parmi les ruines, rêvant de sa splendeur d'antan — splendeur qu'elle retrouverait un jour.

Ce matin-là, tandis qu'elle approchait de la plantation Forrest, elle avait vu quelque chose de nouveau, et de différent, et de surprenant — les deux grandes cages sous les chênes verts. Elle s'en était approchée, les yeux écarquillés, et avait vu ce qu'il y avait à l'intérieur.

Des tigres. Un dans chaque cage.

Alors elle s'était rappelé que Mike était revenu au bureau un jour, tard dans l'après-midi, après un déjeuner avec des administrateurs du zoo du comté. Il s'était assis à son bureau, articulant avec difficulté, probablement à cause des martinis. « Oriana, est-ce que tu savais que le tigre est une espèce en voie de disparition ? »

Oriana avait dit oui, sans doute.

Mike avait hoché la tête. « Mais seulement à l'état sauvage, Oriana. Dans les zoos, la situation est tout à fait différente. Le fait est qu'en captivité les tigres se reproduisent comme des dingues. Nous obtenons des tigres et des tigres. Nous sommes submergés de tigres, et les zoos ne savent plus quoi en faire. Alors ils vendent des tigres. Pas seulement à d'autres zoos ou à des cirques, mais à toute personne fortunée. Oriana, je peux m'acheter un tigre si j'en ai envie.

— Que ferais-tu d'un tigre, Mike ? »

Il avait grimacé un sourire.

« Je le chasserais. »

Mike n'avait plus abordé le sujet des tigres par la suite, mais elle voyait à présent qu'il ne plaisantait pas lorsqu'il avait parlé de son intention d'en acheter. Oui, maintenant il en avait deux et il allait probablement les chasser. Il inviterait certains de ses amis pour un week-end sur l'île, ferait sortir les tigres de leurs cages, et il organiserait une chasse.

C'était vraiment dommage, avait pensé Oriana. Ils étaient si beaux.

Elle s'était assise sur l'une des colonnes écroulées au milieu des ruines. Elle n'aurait su dire combien de temps elle était restée là à rêver, puis elle avait entendu des bruits de pas furtifs. Elle s'était retournée pour regarder derrière elle.

C'était Pitts.

Il était presque courbé en deux tandis qu'il s'approchait, les bras ballant le long du corps, et il avait eu à nouveau ce regard dans les yeux. Il avait souri, découvrant des dents jaunies. « Je t'ai vue sortir de la maison ce matin et je me suis demandé où diable tu allais de si bonne heure. J'ai deviné et me voilà. »

Il s'était encore rapproché. Dans un instant elle le sentirait, lui et son haleine.

Oriana s'était mise debout et avait reculé jusqu'à ce que ses épaules touchent l'une des cages. Elle avait levé les yeux, aperçu le loquet de la cage, et tendu la main. Elle avait saisi la poignée et tiré de toutes ses forces. La porte de la cage s'était ouverte en grinçant. Elle s'était tournée vers Pitts.

Il s'était immobilisé, la bouche grande ouverte, son visage devenant blême. « Espèce de petite idiote ! » Il avait reculé lentement, s'éloignant d'elle et de la cage. Puis il avait tourné les talons et s'était mis à courir.

Le tigre s'était approché de la porte ouverte de sa cage et avait regardé Oriana. Puis son attention avait été attirée par le spectacle de Pitts en train de courir.

Il avait bondi hors de sa cage d'un saut gracieux et avait commencé à courir à petits bonds après Pitts. Le tigre ne semblait pas pressé. Cela avait presque donné l'impression qu'il conduisait Pitts vers Thompson's Hill.

Oriana était repartie et avait couru d'une traite jusqu'à la maison Deveraux. Elle était presque arrivée lorsqu'elle entendit Pitts hurler. Elle s'était retournée et avait vu le tigre penché sur son corps.

Forrest et MacIntyre se trouvaient dans le jardin, regardant avec stupeur dans la direction du tigre, et elle avait aperçu Henry sur la véranda au premier, mais elle les avait tous évités en restant sous le couvert des arbres et en entrant dans la maison par la porte de devant.

Bien sûr, elle avait été abasourdie par ce qui était arrivé. Devait-elle dire aux autres que c'était elle la fautive, qu'elle avait ouvert la porte de la cage du tigre ? Et devrait-elle leur dire pourquoi ? Mais quelle différence cela ferait-il vraiment ? Cela ne changerait absolument rien. Le tigre avait tué Pitts. Ce qui est fait est fait, et Oriana n'avait pas du tout eu le sentiment de commettre un meurtre de sang-froid. Faire sortir le tigre de sa cage avait été une nécessité. La mort de Pitts n'avait pas été préméditée. Cela avait été un accident, pour ainsi dire.

Oui, il était préférable de se taire. Maintenant que tout le monde savait qu'un tigre rôdait sur l'île, ils prendraient simplement la précaution de ne pas sortir de la maison. Et si l'animal devenait une véritable menace, il y avait toujours la carabine de Mike. Personne ne courait de réel danger.

Mais c'était seulement le lendemain matin que Laurie avait trouvé la cartouche pour la Weatherby et que Forrest avait tué le tigre.

Cela avait été une période de tension et d'attente fiévreuse pour Oriana, mais maintenant toute cette affaire était terminée, avait-elle pensé. Elle n'aurait jamais à révéler à qui que ce soit comment le tigre s'était échappé.

Et, cette nuit-là, il y avait eu un autre tigre.

Comment s'était-il échappé de sa cage ? s'était demandé Oriana. Henry avait-il quelque chose à y voir ? Il semblait étrangement fasciné par les tigres. Avait-il découvert les cages, lui aussi, et libéré le second tigre ?

Mike était finalement revenu sur l'île ce matin et avait tué l'animal qui s'était jeté sur lui à proximité du quai.

Au retour de Mike à la maison, ils lui avaient dit pour Laurie et Pitts. Ils ne savaient pas encore ce qui était arrivé à Henry ou aux Bowler.

Mike était retourné sur le continent afin de prévenir les autorités. Son bateau, et plusieurs autres, étaient bientôt revenus vers l'île. Il y avait eu la police, des journalistes, ceux qui avaient participé aux recherches, et aussi de simples curieux.

Cela avait été une longue journée. Il y avait eu les questions de la police et les battues sur toute l'île. Ils avaient d'abord trouvé les Bowler, juste derrière la dernière cabane. Et Pitts. Et finalement Henry.

C'était seulement le soir que Mike avait pu parler à Oriana en tête à tête. « Oriana, j'ai bien réfléchi. Je renonce à ce projet insensé. »

Cela ne l'avait pas vraiment surprise.

« Renoncer au projet?

— Toute cette foutue île, Oriana. Cet endroit porte malheur. Enfin, Laurie est morte. Et Henry. Désormais je ne trouverai plus rien ici, excepté la poisse et les mauvais souvenirs. »

Mike avait le visage congestionné par l'alcool. « De toute façon, cette histoire était complètement dingue, Oriana. Je n'ai rien d'un promoteur immobilier, bon sang! Je risquerais de ramasser une veste. Et en outre, cette île ne plaît pas du tout à Eve. »

Oriana avait eu l'ombre d'un sourire. Alors c'était ce qui importait maintenant? L'île ne plaisait pas à Eve?

« Je garderai la maison Deveraux, bien sûr. Je sais tout ce qu'elle représente pour toi. Nous viendrons passer un week-end ici de temps à autre. Rien que nous deux. Les banques et Forrest peuvent garder leur partie de cette île de malheur. Je me contenterai de m'y promener lorsque j'aurai besoin de prendre de l'exercice. »

Mike avait souri. « Je ne vois pas pour quelle raison ce qui s'est passé ici devrait changer quoi que ce soit entre nous, excepté que nous ne pourrons sans doute pas t'avoir avec nous durant les week-ends aussi souvent que par le passé. »

Ah, oui, avait pensé Oriana avec lassitude. *Nous*.

« Mais je continuerai de venir te voir aussi souvent que cela me sera possible. Je veux dire, tu gardes l'appartement, bien sûr. J'y veillerai. »

Oriana avait soupiré. Alors c'est ainsi que cela allait se passer? Elle continuerait d'être sa maîtresse, mais jamais la plantation Forrest ne renaîtrait de ses cendres.

Tout ce qu'elle avait fait n'avait finalement servi à rien. A rien du tout.

Et pourtant, avait-elle été réellement surprise ? Je suis désolée, Laurie, avait-elle pensé, mais cela ne s'est pas terminé comme tu le voulais.

En quittant Mike, Oriana avait failli heurter Forrest et MacIntyre.

Elle avait dévisagé Forrest. Pourquoi pas toi ? Pourquoi pas toi ? Et si je lui souriais et faisais tout mon possible pour être gentille ?

Elle s'était vue dans le miroir derrière lui — le visage blême, les yeux écarquillés, et elle avait pensé, mon Dieu, que suis-je devenue ?

Elle leur avait tourné le dos et avait monté l'escalier en toute hâte jusqu'à la chambre de MacIntyre.

Autrefois, lorsque Oriana avait eu des insomnies, MacIntyre lui donnait toujours des comprimés et elle se souvenait qu'il les prenait toujours dans un tube en plastique rangé dans le tiroir du haut de sa commode.

Elle entra dans la chambre de MacIntyre et ouvrit le tiroir. Oui, ils étaient là. Elle s'attendait à ce qu'ils y soient. MacIntyre était un homme d'ordre.

Oriana emporta le tube dans sa chambre et le vida sur sa table de nuit. Elle compta les comprimés. Vingt-six. Lorsque MacIntyre lui en donnait seulement deux, elle dormait presque neuf heures.

Oriana se déshabilla et passa sa chemise de nuit, puis se brossa les cheveux. Elle alla chercher un verre d'eau dans la salle de bains.

Elle mit deux des comprimés dans sa bouche, but une gorgée d'eau, et les avala.

Elle était fatiguée. Tellement fatiguée.

Tout serait bientôt terminé. Tout cela allait prendre fin, pour toujours.

Elle tendit la main pour prendre deux autres comprimés.

26

Forrest la regarda prendre les deux autres comprimés. Il frappa doucement à l'un des carreaux de la porte-fenêtre.

Oriana laissa tomber précipitamment un mouchoir sur les comprimés.

— Qui est-ce ?

— Forrest.

Il n'attendit pas qu'on le prie d'entrer, et s'avança dans la pièce. Il alla directement à la table de nuit et souleva le mouchoir.

— J'ignore ce qu'il y a dans ces comprimés, mais vous avez réellement l'intention de les prendre tous ?

— Vous étiez sur la véranda, à m'épier ?

— Discrètement. Lorsque vous êtes passée près de moi tout à l'heure, vous aviez cet air complètement hagard. Je ne lis pas exactement dans les pensées, mais je me suis dit que ce serait peut-être une bonne idée de vérifier ce que vous aviez l'intention de faire. Je vous ai vue entrer dans la chambre de MacIntyre et en ressortir avec ce tube à la main.

— Cela ne vous regarde absolument pas.

— Probablement pas. (Forrest prit une chaise en face d'elle.) J'avais l'intention de vous parler demain, mais je me rends compte maintenant que cela pourrait être trop tard.

Oriana attendit.

— Si vous êtes décidée à faire ce geste définitif, je n'essaierai pas de vous en empêcher. (Il la considéra quelques instants.) Puisque le temps nous est compté, apparemment, je ferais mieux d'être concis. Tout d'abord, je suppose que vous êtes la maîtresse de Mike ?

Elle rougit légèrement.

— Tout le monde le sait. Pourquoi seriez-vous une exception ?

Il hocha la tête.

— Et puisque je n'avais jamais vu cette lueur suicidaire dans vos yeux auparavant, j'en déduis avec beaucoup de perspicacité qu'elle a été provoquée par quelque chose que Mike vous a dit tout à l'heure ? Ou ne vous a pas dit ?

— Je vous serais très reconnaissante de sortir de ma chambre.

— Permettez-moi de tirer une autre conclusion tout aussi brillante. Vous vous attendiez à obtenir de l'avancement, maintenant que Laurie est morte, mais vous avez découvert qu'il n'en serait rien ? (Il sourit.) Mike ne m'a pas fait l'effet d'être un homme que l'on pouvait aimer à la folie, bien que je puisse me tromper, bien sûr. Alors c'était son argent qui vous intéressait ?

Oriana lui lança un regard furibond.

— Bien sûr que c'était son argent. C'est exactement cela. Partez maintenant.

Forrest hocha la tête.

— Mais le fait d'être sa maîtresse ne vous permettrait pas de mettre la main sur tout son argent ? C'est pourquoi il vous fallait devenir sa femme ? Que vouliez-vous faire de tout cet argent, à propos ?

Oriana ferma les yeux un instant.

— Très bien, puisque vous tenez absolument à le savoir. Je caressais le rêve insensé de faire reconstruire la propriété Forrest, et cela aurait coûté beaucoup d'argent.

Forrest haussa un sourcil.

— Vous vouliez faire reconstruire ma maison ?

— Je ne l'ai jamais considérée comme votre maison.

Ou comme la maison de personne d'autre. Elle m'appartenait.

— Et maintenant votre rêve a pris fin ? Comme vous abandonnez la partie facilement.

— Facilement ?

— Bien sûr. Maintenant que Mike n'entre plus en ligne de compte, ce que vous devriez faire désormais me semble tout à fait évident. Après tout, je suis là et je suis toujours le propriétaire de la moitié de l'île qui compte pour vous. J'ai beaucoup d'argent et vous m'êtes plutôt sympathique.

Oriana le regarda d'un air surpris.

— Entendu, et zut après tout, est-ce que vous accepteriez de reconstruire la propriété Forrest si je vous le demandais ?

— Non, sourit Forrest. Je ne rebâtirais pas cette maison parce que ce serait une erreur. Elle appartient à une époque révolue. On ne peut pas la ressusciter et on ne le doit pas. En outre, je ne pense pas que cette île vous rappelle des instants merveilleux, contrairement à ce que vous voulez croire.

Il regarda à nouveau vers la table de nuit.

— Oriana, j'ai l'impression très nette que vous êtes une personne beaucoup plus gentille que vous ne le pensez. J'ai également le sentiment que vous ne mettez pas un point final à tout cela uniquement parce que Mike vous a plaquée. Vous prenez ces comprimés parce que vous en avez assez de lutter comme vous l'avez fait et que l'avenir ne vous apparaît pas plus rose. Etes-vous déjà allée en Pennsylvanie ?

— En Pennsylvanie ?

— Oui. Là-bas, il y a quatre saisons, vous savez. Vous les adorerez toutes, sauf le mois de février que personne ne supporte. En février vous en aurez assez de la neige, mais vous l'adorerez en décembre et en janvier. Un jour je vous parlerai du baron et des sœurs Pitot.

Oriana soupira.

— Oh, Seigneur.

— Ils ont vécu sur cette île il y a longtemps, très

longtemps, et puis ils sont partis et se sont installés en Pennsylvanie où ils ont acheté une ferme. Elle est à moi maintenant. J'ai suivi leur trace jusque là-bas, et l'endroit m'a plu. J'ai retrouvé la flûte du baron et la harpe et le clavecin des sœurs Pitot. Je pense que vous aimeriez apprendre à jouer de la harpe ou du clavecin. Vous avez le choix. Cependant je vous préviens que vous devrez faire des exercices au moins une heure par jour. Peut-être deux.

— Vous êtes fou.

Forrest en convint.

— En fait, je pense que c'est quelque chose que j'ai attrapé au contact d'Henry. Peut-être est-ce ce dont nous avons besoin en un moment pareil.

Il se leva.

— Je crois que c'est à peu près tout ce que je voulais vous dire. Réfléchissez-y. Est-ce que je vous verrai demain matin?

Oriana détourna les yeux, le regard pensif.

Lorsqu'il fut parti, elle soupira et fit tomber les comprimés dans la corbeille à papier.

Elle dormait lorsqu'un léger sourire apparut sur ses lèvres.

Clavecin.

27

Eve sortit sur la véranda.

Que s'était-il vraiment passé là-bas avec les cages ? Le premier tigre s'était-il échappé accidentellement pendant que Pitts lui donnait à manger ou nettoyait sa cage ?

Eve avait été au courant pour les tigres, bien sûr, mais elle ignorait que Mike les avait fait transporter sur l'île.

Elle était en train d'examiner les papiers de Mike au bureau — comme elle avait l'habitude de le faire après que Mike et Oriana étaient partis pour la journée — pour voir s'il y avait quelque chose d'important qu'elle devait savoir et se rappeler. Et elle était tombée sur la facture pour les deux tigres et les deux cages. Elle s'était demandé, mais qu'est-ce que c'est que cette histoire ?

Elle aurait pu poser la question à Mike, mais dans ce cas il aurait su qu'elle avait une clé ouvrant ce tiroir en particulier et qu'elle avait fouillé dans ses affaires. Elle avait donc attendu que Mike lui parle de cette histoire de tigres, mais il ne l'avait jamais fait.

Ils avaient été, de toute évidence, le petit secret de Mike et il n'avait pas voulu que quelqu'un d'autre soit au courant. Ni Oriana, ni Laurie, personne. Excepté Pitts, probablement. Mike avait besoin de quelqu'un pour s'occuper des animaux et Pitts avait fermé sa grande gueule.

Pourquoi Mike les avait-il fait transporter sur l'île ? Elle avait supposé qu'il avait l'intention de les lâcher dans la nature et de les chasser. Mike était un passionné de la chasse, et il n'avait encore jamais participé à une chasse au tigre.

Oui, l'un des tigres s'était échappé et à la maison ils avaient découvert qu'il n'y avait pas de cartouches pour la carabine de Mike.

Eve s'était rappelé que Mike possédait également un revolver, un Magum 357. Il le lui avait montré et avait dit qu'il l'avait acheté à Savannah.

Eve avait attendu que quelqu'un mentionne l'existence de cette arme de poing, mais personne ne l'avait fait. Il était clair que Eve était la seule personne à savoir que Mike l'avait en sa possession, et il lui avait dit quelle arme puissante c'était — capable de pulvériser un moteur de voiture avec une seule balle.

Cela pouvait tuer un tigre, avait pensé Eve. Bien sûr, vous ne chassiez pas le tigre avec une arme de poing, mais en cas de besoin cela ferait l'affaire. Elle avait été sur le point de parler du Magnum à Forrest, puis elle s'était ravisée.

Abattre le tigre serait peut-être nécessaire, mais le moment n'était pas encore venu. Non, pas maintenant. D'abord, elle allait attendre et voir comment la situation évoluait.

Ainsi donc, elle n'avait pas parlé du revolver, et n'avait pas dit qu'elle était au courant pour les tigres, mais elle n'avait nullement l'intention de devenir elle-même l'une des victimes du tigre.

Dès qu'elle en avait eu l'occasion, elle s'était introduite dans la chambre de Mike et elle avait trouvé le revolver dans un tiroir de sa commode. Effectivement, une arme tout à fait impressionnante, et il y avait une balle dans chaque chambre.

Elle serait en sécurité si elle gardait le revolver constamment à portée de main, mais comment toujours le porter sur elle ? Le mettre dans son sac à main ? Non, personne n'emporte ce genre de sac partout où il va, et surtout pas à l'intérieur d'une maison.

Puis elle s'était souvenue du tricot de Laurie. Oui, un

sac à tricot serait l'idéal. Elle pourrait l'emporter avec elle partout et personne ne lui poserait de questions.

Elle était allée voir Laurie et lui avait dit qu'elle voulait avoir quelque chose à faire pour se calmer les nerfs et qu'elle pensait que le tricot ferait peut-être l'affaire.

Laurie avait manifesté une certaine méfiance, se doutant qu'il y avait quelque chose d'anormal dans cette demande. Laurie avait beaucoup plus de jugement que les gens ne lui en supposaient. Et puis elle avait haussé les épaules, donné à Eve quelques indications sur la manière de commencer un tricot, et elle lui avait prêté le sac.

Supposons que le tigre surgisse brusquement, s'était demandé Eve, et qu'elle soit obligée de se servir de l'arme pour se protéger? Comment expliquerait-elle aux autres le fait qu'elle ne leur ait pas parlé du revolver?

Elle pourrait dire qu'elle savait que les pistolets n'étaient pas destinés à tuer des tigres, et qu'elle avait eu peur que si l'un des hommes apprenait l'existence du revolver, il ne soit tenté de faire un geste héroïque et sorte de la maison pour essayer d'abattre l'animal, et que donc elle s'était abstenue de leur en parler. Oui, cette explication paraîtrait des plus convaincantes.

Eve avait attendu avec intérêt de voir ce que le tigre allait faire, mais Laurie avait trouvé alors l'unique cartouche pour la carabine et Forrest tué l'animal. Le premier tigre.

Eve avait été folle de rage — en son for intérieur, bien sûr — jusqu'à ce qu'elle pense qu'il y avait deux tigres et deux cages, après tout, et qu'ils avaient probablement été transportés sur l'île tous les deux. Les deux tigres s'étaient-ils échappés? Quelqu'un les avait-il lâchés dans la nature? Ou bien l'un des tigres était-il toujours enfermé dans sa cage, quelque part sur l'île?

Oui, mais où sur l'île?

Peut-être ne serait-il pas trop difficile de découvrir cet endroit. Il ne restait qu'une seule route praticable sur l'île. Pitts avait sans doute utilisé le break pour faire le trajet jusqu'aux cages. Elle allait suivre la route, tout simplement.

Ayant attendu la fin de l'après-midi, elle avait mis ses chaussures de marche et était sortie de la maison à l'insu des autres. Elle avait emporté le sac à tricot et suivi le chemin de gravier conduisant dans les terres. Au bout de peut-être deux kilomètres, elle avait aperçu la station-wagon sur le bas-côté ; les clés étaient toujours sur le tableau de bord.

Il était clair que Pitts avait conduit la station-wagon jusqu'ici puis l'avait garée à cet endroit. Elle distinguait l'empreinte de ses pas dans le sable sur le bas-côté de la route, et elle avait suivi ces traces jusqu'à ce qu'elles la conduisent vers une longue rangée de chênes verts.

Jadis cela avait été l'allée menant à l'ancienne plantation des Forrest. Les empreintes de pas étaient plus difficiles à trouver maintenant, mais il semblait que Pitts était resté pour quelque raison à proximité des arbres.

Eve avait continué et finalement trouvé les deux cages. La porte de l'une d'elles était grande ouverte. Mais l'autre cage était toujours fermée et à l'intérieur, dans la pénombre, elle avait vu le second tigre.

Il l'avait regardée fixement, clignant des yeux, mais autrement il n'avait pas bougé.

Eve avait rebroussé chemin jusqu'au break, ramassant en cours de route une branche morte tombée sur le sol qui semblait être à peu près de la bonne longueur pour ce qu'elle avait l'intention de faire.

Elle avait ramené le break jusqu'aux cages, baissé une glace et s'était servie de la branche pour pousser le loquet vers le haut. La porte s'était ouverte en grinçant. Eve avait alors remonté la glace et fait une marche arrière pour s'éloigner des cages.

Le grand félin était resté immobile une bonne minute. Puis il s'était dressé sur ses pattes, sans se presser, et s'était approché de la porte ouverte. Il avait fait halte à trente centimètres de l'ouverture et avait humé l'air avec méfiance.

Finalement il avait paru faire appel à tout son courage

et avait sauté vers le sol. Il avait regardé fixement Eve et le break pendant quelques instants puis s'était tourné et éloigné à petits bonds vers les fourrés.

Eve était repartie jusqu'à l'endroit où elle avait trouvé la voiture, avait effectué un demi-tour et s'était garée. Elle avait lancé la clé de contact dans les broussailles. Elle ne voulait pas que l'un des autres trouve la voiture et la ramène à la maison où elle pourrait servir de refuge si jamais le second tigre se montrait.

Elle s'était dépêchée de rentrer, certaine d'arriver à la maison avant le tigre. Néanmoins, pour plus de sûreté, elle avait laissé sa main dans le sac à tricot, serrant toujours le revolver.

Elle était arrivée à la tombée de la nuit. Il y avait eu de la lumière dans la chambre de Laurie et sa porte-fenêtre était ouverte pour laisser entrer l'air de la nuit.

Eve était montée dans sa propre chambre, avait fermé les portes-fenêtres, et avait attendu.

Le tigre allait venir. Il devait venir. Il serait attiré vers la maison par les lumières. Par les gens. Après tout, il n'avait probablement pas mangé depuis que Pitts était mort. Il avait certainement faim. Très faim.

Eve avait attendu, assise dans le noir, et cette attente avait semblé durer une éternité. Mais finalement elle avait aperçu la silhouette du tigre sur la véranda. Elle l'avait regardé passer devant sa porte-fenêtre et puis elle avait attendu à nouveau. Guettant peut-être un cri.

Mais le chien de Laurie s'était mis à aboyer, et Eve avait vu le tigre prendre la fuite.

Zut, avait-elle pensé. Zut, zut et rezut ! Ce sale petit corniaud a fait peur au tigre. Elle avait eu envie de tuer Willie. Séance tenante. De le réduire en mille morceaux.

Le chien avait cessé d'aboyer et Eve avait repris ses esprits. Elle entendait Forrest et Henry sur la véranda et elle avait décidé de les rejoindre et de se montrer aussi surprise qu'eux en apprenant qu'il y avait un autre tigre sur l'île.

Ensuite ils s'étaient tous dirigés vers la chambre de Laurie et ils l'avaient trouvée morte.

Le tigre ne l'avait pas touchée. Il était clair que Laurie avait été victime d'une crise cardiaque. Mais la cause de sa mort n'avait aucune importance. Du moment que c'était arrivé. Et que c'était bel et bien fini. Oui, ils avaient tous su que Laurie était cardiaque et Eve avait attendu et attendu pendant des années.

Eve avait pris Willie dans ses bras et l'avait emporté dans sa chambre. Elle nourrissait de meilleurs sentiments envers Willie. Brave toutou. Elle pouvait compter sur lui pour qu'il se mette à aboyer si jamais le tigre revenait.

Elle avait fermé les yeux et s'était endormie.

Le lendemain matin, Eve s'apprêtait à descendre pour le petit déjeuner lorsqu'elle avait entendu la faible détonation d'un coup de fusil. C'était Mike : il était revenu sur l'île et avait tué le second tigre.

Laurie chérie, où que tu sois, tu me connaissais bien, n'est-ce pas? Tu savais ce qui arriverait, une fois que tu serais morte, si tu n'intervenais pas. Et c'est pour cette raison que tu as admis Oriana à la maison — que tu l'as admise au sein de la famille de propos délibéré, parce que tu voulais choisir la prochaine épouse de Mike et que tu savais qu'il ne fallait surtout pas que ce soit moi. Tu me connaissais, Laurie. Tu savais que je dévorerais Mike.

Mais ton plan a échoué, Laurie. Mike n'attendra pas longtemps avant de me révéler ses sentiments. Il aura trop peur de me perdre s'il ne se déclare pas. Et nous nous marierons.

Je sais ce qui va se passer, Laurie. Oh oui, je sais exactement ce qui va se passer.

Mike boira trop le premier soir et il tombera dans le cirage avant même que nous soyons entrés dans une chambre à coucher. Et le lendemain matin, il s'excusera. Mais il boira à nouveau le second soir et il tombera dans le cirage encore une fois. Peut-être même le troisième soir avant qu'il puisse trouver une excuse pour ne pas faire ce qu'il pensait avoir eu envie de faire pendant toutes ces années. Et quelle sera cette excuse?

Il dira quelque chose comme, je sais que c'est difficile à comprendre, Eve, mais je crois que c'est dans mon subconscient ou un truc comme ça, et que j'éprouve un sentiment de culpabilité.

Oh vraiment ? ferai-je d'un air tout à fait innocent. Un sentiment de culpabilité ?

Oui, dira-t-il. Je veux dire, concernant Laurie et le fait d'avoir attendu si peu de temps avant de me remarier. D'une façon ou d'une autre, c'est au niveau de mon subconscient et je sens que c'était mal de ne pas attendre plus longtemps. C'est pour cette raison que je bois autant et que je suis incapable de...

Et je répondrai, ne t'en fais pas, Mike, je comprends. Pourquoi ne pas attendre toute une année avant même d'essayer de faire quelque chose ?

Mike sautera sur cette occasion. Oui, dira-t-il, je pense que nous devrions attendre toute une année. Et tu es certaine de me comprendre, Eve ?

Bien sûr, répondrai-je, et nous ferons chambre à part.

Eve eut l'ombre d'un sourire. Oui, elle avait été extrêmement surprise lorsque Mike avait proposé de l'adopter. Elle s'était attendue à un arrangement d'un autre genre. Même après qu'elle se fut installée dans la maison de Mike, elle s'était attendue à ce que la porte de sa chambre s'ouvre et à ce que Mike se tienne là. Mais cela ne s'était jamais produit.

Tout d'abord cela l'avait intriguée, et puis, petit à petit, elle avait compris de quoi il retournait exactement.

Peut-être lui rappelait-elle sa sainte mère, ou autre chose qui était saint et sacré à ses yeux, mais quoi que ce fût, cela la rendait, oh, tellement différente. Cela faisait d'elle quelque chose que vous regardiez et que vous désiriez ardemment, mais à laquelle vous ne touchiez jamais. Et lorsque finalement il réaliserait cela, ce serait quelque chose qu'il serait incapable de regarder en face, ou de supporter plus longtemps.

Oui, ils allaient se marier.

Les mois passeraient et Mike boirait de plus en plus. Il y aurait des nuits où il s'arrêterait devant la porte de sa chambre à coucher et essaierait précautionneusement de tourner le bouton pour voir si elle avait fermé la porte à clé. Elle ne le ferait jamais. Il relâcherait la poignée, sans ouvrir la porte. Il resterait là un moment encore, et puis peut-être frapperait-il doucement, espérant et n'espérant pas, qu'elle soit endormie.

Elle demanderait, qu'est-ce que c'est ? Et il dirait, il m'a semblé entendre un bruit. Comme le bruit d'une chute, je pense. Est-ce que tout va bien ?

Et Eve répondrait, oui, tout va bien. Y a-t-il autre chose ?

Il s'empresserait de dire, non, non, je suis désolé de t'avoir dérangée, et il irait retrouver sa bouteille et boirait jusqu'à ce qu'il tombe dans le cirage.

Mike se mettrait à boire dès son réveil. Lorsqu'il arriverait à son bureau, il serait très en retard, et parfois il ne viendrait pas du tout.

Mais Eve serait à son bureau tous les jours. De bonne heure. Et avant peu tout le monde saurait qui dirigeait vraiment l'entreprise. Et Mike commencerait à s'en rendre compte également. Il commencerait à réaliser qu'en fait il n'était pas important. Qu'il n'était rien. Pour l'entreprise. Pour Eve. Cela le rongerait et il attendrait probablement que la toute dernière nuit de l'année soit arrivée.

Il boirait, bien sûr, mais modérément cette fois. Juste assez pour se donner du courage. Il prendrait le revolver. Qui sait, ce serait peut-être le Magnum 357. Il appuierait le canon contre sa tempe et il presserait la détente.

Eve guetterait la détonation et lorsqu'elle l'entendrait, elle dirait à l'un des domestiques d'aller voir dans la chambre à coucher de Mike.

Et tout lui appartiendrait.

Elle serait quelqu'un. Elle aurait argent et pouvoir et elle veillerait à ce que l'un et l'autre s'accroissent encore et toujours. Elle deviendrait quelqu'un d'important. Que l'on respecterait.

Oui, elle avait toujours su qu'un jour cela arriverait.

Cela exigerait beaucoup d'efforts et un travail assidu, mais vous ne pouviez pas attendre que les choses arrivent toutes seules. Vous deviez être à même de savoir quand agir, et de faire ce qu'il fallait au bon moment.

Eve leva les yeux vers les étoiles brillantes. Les millions et les millions d'étoiles.

Tu es mort. Tu es mort il y a longtemps, mais tu as toujours été là-haut, me regardant. Tu m'as regardée pendant toutes ces années.

Ses yeux flamboyèrent d'amour et de haine et de folie.

Elle sourit.

Alors, papa, tu es fier de moi?

Cela exigeait beaucoup d'efforts et un travail constant, mais vous ne pouvez pas attendre que les choses arrivent toutes seules. Vous devez être à même de savoir quand agir, et de faire ce qu'il fallait au bon moment.

Kate leva les yeux vers les étoiles brillantes. Les millions et les millions d'étoiles.

« Tu es mort. Tu es mort il y a longtemps, mais tu as toujours été là-haut, me regardant. Tu m'as regardée pendant toutes ces années... »

Ses yeux flamboyèrent d'amour et de haine et de folie.

Elle sourit.

« Alors, papa, tu es fier de moi? »

Achevé d'imprimer en mars 1992
sur les presses de l'Imprimerie Bussière
à Saint-Amand (Cher)

PRESSES POCKET - 12, avenue d'Italie - 75627 Paris Cedex 13
Tél. : 44-16-05-00

— N° d'imp. 813. —
Dépôt légal : avril 1992.
Imprimé en France